丁立梅的阅读课 I

相见欢

（彩色珍藏版）

丁立梅 著

人民东方出版传媒
東方出版社

图书在版编目（CIP）数据

丁立梅的阅读课．Ⅰ，相见欢：彩色珍藏版 / 丁立梅著．– 北京：东方出版社，2019.9

ISBN 978-7-5207-0945-3

Ⅰ．①丁… Ⅱ．①丁… Ⅲ．①散文集 – 中国 – 当代 Ⅳ．① I267

中国版本图书馆 CIP 数据核字 (2019) 第 057373 号

丁立梅的阅读课 Ⅰ：相见欢（彩色珍藏版）

（DING LIMEI DE YUEDUKE Ⅰ：XIANGJIANHUAN）

作　　者 丁立梅
策 划 人 王莉莉
责任编辑 王莉莉 张 旭 张彦君
整体设计 门乃婷工作室
出　　版 东方出版社
发　　行 人民东方出版传媒有限公司
地　　址 北京市西城区北三环中路 6 号
邮　　编 100120
印　　刷 小森印刷（北京）有限公司
版　　次 2019 年 9 月第 1 版
印　　次 2021 年 3 月第 2 次印刷
开　　本 700 毫米 ×960 毫米 1/16
印　　张 15
字　　数 130 千字
书　　号 ISBN 978-7-5207-0945-3
定　　价 46.00 元
发行电话（010）85924663 85924644 85924641

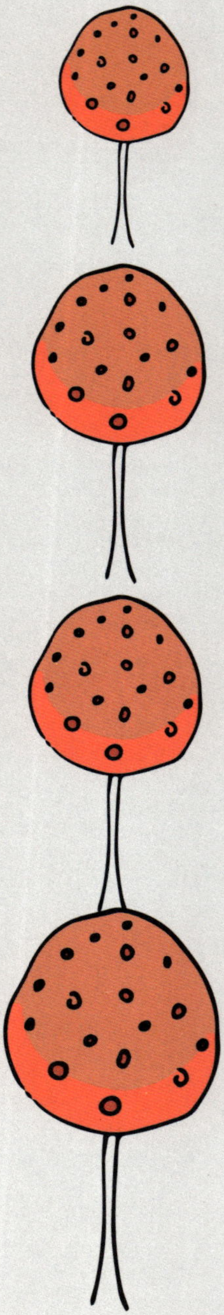

等一个月亮

爱，踩着云朵来

相见欢

风过林梢

附录

我被一个月亮吓着了，那么大一个，亮澄澄的，像朵丰腴的白莲花。周围空无一物，云不见一朵，星星没有一颗，它就那么『开』在半空中，寂然欢喜。

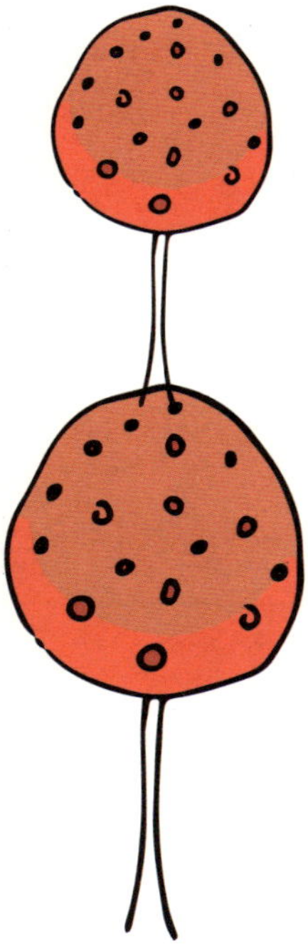

等一个月亮

种爱

认识陈家老四，缘于我婆婆。

婆婆来我家小住，不过才两天，她就跟小区的人，混得很熟了。我下班回家，陈家老四正站在我家院门口，跟婆婆热络地说着话。看到我，他腼腆地笑笑：“丁老师下班啦？”我礼貌地冲他点点头：“是啊。”他看上去，年龄不比我小。

他走后，我问婆婆：“这谁啊？”婆婆说：“陈家老四啊。”

陈家老四是家里最小的孩子，父亲过世早，上有两个哥哥一个姐姐，都已另立门户。他们与他感情一般，与母亲感情也一般，平常不怎么往来。只他和寡母，守着祖上传下的三间平房度日。

他也没正式工作，蹬着辆破三轮，上街帮人拉货。婆婆怕跑菜市场，有

时会托他带一点儿蔬菜回来。他每次都会准时送过来，看得出，那些蔬菜，已被他重新打理过，整整齐齐干干净净的。婆婆削个水果给他吃，他推托一会儿，接下水果，憨憨地笑。路上再遇到我，他没头没脑说一句：“你婆婆是个好人。”

他却得了绝症，肝癌。穷，医院是去不得的，只在家里吃点儿药，等死。精气神儿好的时候，他会撑着身子出来走走，身旁跟着他的白发老母亲。小区的人，远远望见他，都避开走，生怕他传染了什么。他在我家的小院子里，苦笑着说：“我这病，不传染的。”我们点头说：“是的，不传染的。”他得到安慰似的，长舒一口气，眼睛里，蒙上一层水雾，感激地冲我们笑。

一天，他跑来跟我婆婆说：“阿姨，我怕是快死了，我的肝上，积了很多水。”

我婆婆说："别瞎说，你还小呢，有的活呢。"

他笑了，说："阿姨，你别骗我，我知道我活不长的。只是扔下我妈一个人，不知她以后怎么过。"

我们都有些黯然。春天的气息，正在蓬勃。空气中，满布着新生命的奶香，叶在长，花在开。而他，却像秋天树上挂着的一枚叶，一阵风来，眼看着它就要坠下来，坠下来。

我去上班，他在半路上拦下我。那个时候，他已瘦得不成样了，脸色蜡黄蜡黄的。他腼腆地冲我笑："丁老师，你可以帮我一个忙吗？"我说："当然可以。"他听了很高兴，说他想在小院子里种些花。"你能帮我找些花的种子吗？"他用期盼的眼神看着我。见我狐疑地盯着他，他补充道："在家闲着也无聊，想找点儿事做。"

我跑了一些花店，找到许多花的种子带回来，太阳花，凤仙花，虞美人，喇叭花，一串红……<u>他小心地伸手托着，像对待小小的婴儿，眼睛里，有欢喜的波在荡。</u>

这以后，难得见到他。婆婆说："陈家老四中了邪了，筷子都拿不动的人，却偏要在院子里种花，天天在院子里瞎折腾，哪个劝了也不听。"

我笑笑，我的眼前，浮现出他捧着花种子的样子。真希望他能像那些花儿一样，生命有个重新开始的机会。

一晃，春天要过去了。某天，大清早的，买菜回来的婆婆，突然说："陈家老四死了。"

像空谷里一声绝响，让人怅怅的。我买了花圈送去，第一次踏进他家小院，以为定是灰暗与冷清的，却不，一院子的姹紫嫣红迎接了我。那些花，开得热烈奔放极了，仿佛落了一院子的小粉蝶。他白发的老母亲，站在花旁，拉着我的手，含泪带笑说："这些，都是我家老四种的。"

我一时感动无言，不觉悲哀，只觉美好。原来，生命完全可以以另一种方式，重新来过，就像他种的一院子的花。而他白发的老母亲，有了花的陪伴，日子亦不会觉得太凄凉。

【真题链接】

1. 完成如下主要情节的梳理：

（1）他帮婆婆捎带蔬菜而且打理得干干净净。

（2）他得了绝症，放心不下白发老母亲。

（3）____________________

（4）____________________

2. 文章中的“笑”表现了人物怎样的情感，请选择一处作答。

（1）他笑了（第⑨自然段）：

（2）含泪带笑（第⑯自然段）：

3. 本文人物描写细腻传神，请对第⑫自然段中画线句加以赏析。

他小心地伸手托着，像对待小小的婴儿，眼睛里，有欢喜的波在荡。

4. 对本文的理解，不恰当的一项是：

A. 第⑬自然段借“婆婆”之口写陈家老四种花，用侧面描写的方法，寥寥数语，给读者留下想象的空间。

B. 从对陈家老四的描写中，我们可以看出他是个纯朴善良、乐于助人的人。

C. 行文曲折有致，为托买花种时“我”的狐疑设下悬念，最后以“我”的感动无言解悬念，揭示主题。

D. 标题“种爱”是文章的线索，形象生动地概括了文章的主要内容，新颖、醒目，能引发读者的阅读兴趣。

5. 联系全文，说说最后一自然段画线句的含义。

佳句摘抄

★春天的气息，正在蓬勃。空气中，满布着新生命的奶香，叶在长，花在开。而他，却像秋天树上挂着的一枚叶，一阵风来，眼看着它就要坠下来，坠下来。

★我跑了一些花店，找到许多花的种子带回来，太阳花，凤仙花，虞美人，喇叭花，一串红……他小心地伸手托着，像对待小小的婴儿，眼睛里，有欢喜的波在荡。

★原来，生命完全可以以另一种方式，重新来过，就像他种的一院子的花。

【阅读有道】

遣词造句，打破常规

丁立梅老师的散文，清新、雅致，让人赞叹不已。原因之一就是遣词造句时，善于打破常规，让语言表达陌生化。

就像《种爱》的题目：爱，本无形之物，怎么能够种下去？若真能够种下去，必是有了形的。这样的表达，是为了表明陈家老四对母亲的不舍，让种的花陪伴孤单的母亲，让人感受到别样的感动。

又比如文中句："一院子的姹紫嫣红迎接了我。"不写"我"看到了满院子的姹紫嫣红，而是主体与客体调换，姹紫嫣红的花成了主动者，既有拟人的修辞，又有不一样的表达效果。

阅读，就要学会欣赏表达的陌生化。

丁老师有文《向着美好奔跑》①，篇中，"鸟的叫声，没在那些影子里"，"叫声"靠听觉来感知，"影子"用视觉来感受，鸟的叫声如何能没在影子里？"一粒种子，就是一蓬的花，一蓬的果，一蓬的幸福和美好”，一蓬是可以看见的，幸福是无形的，怎么就有了“一蓬一蓬”的形状？

又有《放风筝》[2]一篇，“三月天，阳光温暖得像一朵朵花”，更是新颖：一朵朵花，只能借助眼睛来看，阳光何以像一朵朵花？

这一切，都源于表达的陌生化。

古人也善于将表达陌生化，王安石“春风又绿江南岸”中的“绿”，做了动词；李清照“只恐双溪舴艋舟，载不动许多愁”中，愁思，本是无形，诗人偏偏不按常理地用船来装载……

这些，都是用超出常理的方法组织语言，或运用拈连、通感等修辞，或把原本不能搭配的词语偶尔“乱搭”在一起，或词类活用……

理解了这些看似不合常理的表达，就能更好地感知语言的魅力。

①②两篇见《丁立梅的阅读课Ⅱ：让梦想拐个弯》。

偶遇

小城有家卖饰品的小店，店名叫得极有意思，叫“偶遇吧”。小店开在一条古旧的街道上。店里卖的都是小饰品：精美的钥匙扣，拙朴的香水瓶，会唱歌的玻璃小人，五颜六色的发圈……每一样，都是精致小巧的。一间再普通不过的小屋，被装点得像童话。让人颇感意外的是，店主是个六十开外的老妇人，穿大红的衫，戴贝壳串成的手链，笑容灿烂，举手投足间，自有一段风情。年轻时，她迷恋小饰物，一直没有机会开这样的店。退休了，她重拾旧梦，天天守着一堆“宝贝”，把日子过得如花似玉。

那条街道我不常去，自然不知道这间偶遇吧。那天突然撞见，欢喜莫名。后来的一些天，我脑子里不时会蹦出那家小店来，一屋的小饰品，丁丁当当，丁丁当当。与老妇人的优雅，竟十分般配。我不由自主地微笑，岁月里，我们会渐渐老去，梦想却不会。

也是这样的偶遇，在武汉。当地文友拉我去逛光谷步行街。天桥之上，我被一朵一朵怒放的玫瑰花牵住了脚步。确切地说，那不是花，那是一堆橡皮泥。可它分明又是花，瓣瓣舒展，鲜艳欲滴。

捏橡皮泥的，是个矮个子男人。眼睛细小，皮肤黝黑，满脸沧桑。沧桑中，却有种淡定的平和。他在眨眼之间，把一小坨橡皮泥，捏成一朵盛开的玫瑰。我蹲下去，看他捏。他十指扭曲，严重残疾，却灵活。手像被施了魔法似的，在橡皮泥上轻轻一按，一瓣花开了。再轻轻一按，一朵花开了。

我挑起一枝，紫色，典雅大方。想买。他说，这个不卖，人家预订好了的，你要买，我再给你捏。我惊讶了，我说，你可以重捏一个给预订的人啊。他却坚持不卖，说他答应过给人家留着的，就一定得留着。一会儿，他给我捏出另一朵来，撒上荧光粉。他关照：你回去对着灯光照上十来分钟，它会发光的，很美，很温暖的。

从武汉回来，别的东西没带，我只带了那枝花回来。看见它，我总要想一想花后的那个人，生活对他或许有诸多不公，他却能够做到心境澄清，让花常开不败。

人生还有多少这样的偶遇？在时间无垠的荒野里，我们都是跋涉的旅人，却因这偶然的相遇和眷顾，布下温暖的种子。日后，于某一时刻，不经意地想起，那些温暖的种子，早已在记忆深处，生根发芽，抽枝长叶。

【真题链接】

1. “小屋被装点得像童话”“把日子过得如花似玉”，老妇人营造出怎样的生活氛围？

2. 作者说“岁月里，我们会渐渐老去，梦想却不会”，开“偶遇吧”的老妇人和那个捏玫瑰花的男人的梦想各是什么？他们有什么共同点？

3. 按照要求品析词句。

（1）第③自然段中画线句中的“牵”字有何妙处？

（2）最后一自然段画线句，在全文中的表达作用是什么？

4. “生活对他或许有诸多不公，他却能够做到心境澄清，让花常开不败。”说说捏玫瑰花的男人心灵上的花是什么？对你有何启示？

5. 文章标题为“偶遇”，有什么深意？

佳句摘抄

★手像被施了魔法似的，在橡皮泥上轻轻一按，一瓣花开了。再轻轻一按，一朵花开了。

★人生还有多少这样的偶遇？在时间无垠的荒野里，我们都是跋涉的旅人，却因这偶然的相遇和眷顾，布下温暖的种子。日后，于某一时刻，不经意地想起，那些温暖的种子，早已在记忆深处，生根发芽，抽枝长叶。

【阅读有道】

阅读，就是发现美好

丁立梅老师被称为“最暖人心的作家”，不只是因为她的散文清新优美，温暖动人，还因为她总能发现生活的美好。

《偶遇》无疑就是充盈着散文之暖的一篇。

丁老师散文之暖，暖在生活景致之美。小城的小店里，“精美的钥匙扣，拙朴的香水瓶，会唱歌的玻璃小人，五颜六色的发圈……每一样，都是精致小巧的”；武汉的步行街上，仅仅是一堆橡皮泥，却“瓣瓣舒展，鲜艳欲滴”，成了怒放的玫瑰花……这些无不告诉我们，世界是这般美好，值得我们去爱。

丁老师散文之暖，暖在生活于市井间的普通人。年逾六旬的老妇人，在退休后终于重拾旧梦，活得风情万种；天桥上的残疾男子，有着美丽的手艺和可爱的固执。他们年龄不同，性别不同，境遇不同，但他们都对生活有着爱意，因为爱，所以暖。

丁老师散文之暖，还暖在对待生活，特别是对待困境的态度上。即使垂垂老去，即使遭遇苦难，也要保持生活的诗意。与这样的生活方式偶遇，也无疑让作者心中“温暖的种子，早已在记忆深处，生根发芽，抽枝长叶”，从此对偶遇感恩，对生活感恩……

…………

阅读，就是发现美好，就是感受幸福，就是汲取精神的营养。

【经典赏析】

爱与哀愁

养过两条小金鱼，一红一白，像两朵小花，在水里开。

为这两条小金鱼，我特地买了一只漂亮的鱼缸。还不辞十来里，去城郊的河里，捞得鲜嫩的水草几根，放进鱼缸里。

专买的鱼食，放在随手可取的地方。一有闲暇，我就伏在鱼缸前，一边给它们喂食，一边不错眼地看它们。它们的红身子白身子，穿行于绿绿的水草间，如善舞的伶人，长袖飘飘于舞台上，煞是动人。

某天清晨，我起床去看它们，却发现它们翻着肚皮，死了。鱼缸静穆，水草静穆。我难过了很久。朋友得知，笑我："它们是被你的爱害死的。"原来，给鱼喂食不能太勤，太勤了，会撑死它们。怅然。从此，不再养鱼。

后来，我又养过一盆名贵的花。剑兰，花朵橘红，叶柄如剑。装它的盆子也好看，奶白的底子上，拓印一朵兰花。一眼看中，目光再难他移。高高兴兴地把它捧回家，当作珍宝，日日勤浇水。不几日，花竟萎了，先是花苞儿未开先谢，后是叶片儿一点一点发黄、卷起，直至整株花腐烂。伤心不已，不明白，我这么爱它啊。还是朋友一语道破天机："你浇水浇得太勤了，花给淹死了。"

自此，我亦不再养花。自知自己是个无法把握爱的尺度的人，爱有几分，哀愁就有几分。如同年轻时的一场恋爱。

那时，满心里装着他，吃饭时，想他爱吃的。买衣时，想他爱穿的。即便是随便看到一朵花开，也想着他，恨不得采了带给他。相处的过程，却不全是欢愉，他常常眉头紧锁，充满忧伤地望着我。那么近，又那么远，仿佛隔山隔水。当时，我心里有不好的预感，只以为自己做得不够好，所以，加倍对他好。最后，他还是提出分手，分手的理由竟是，我太好了，他怕辜负。

爱一个人，原是爱到七分就够了，还有三分要留着爱自己。爱太满了，对他而言不是幸福，而是负担。这是经年之后，我才明白的道理。

我想起一个母亲，结婚好几年，未曾生育。后来，多方求医，好不容易得一子，宠爱有加，真正是含在嘴里怕化了，捧在手上怕跌了。一路溺爱着长大，二十好几的人了，却不学无术，整天关在房内打游戏。一不高兴，就对母亲非骂即打。一日，因母亲劝他早点睡，扫了他打游戏的兴致，他竟勒令母亲跪在地板上，跪了大半夜。一贯木讷的父亲，也被激怒了，终于忍无可忍，趁儿子熟睡，一锤砸死儿子。警务室里，母亲哭得肝肠寸断，语无伦次地说："作孽啊，作孽啊。"

为他痛惜，一个原本天真如雪的孩子，毁了。还有她，和她忠厚的男人，这辈子的伤痛，谁能疗治？

世上的道理，原都是这么简单，无论是爱物，还是爱人，都要有节制。"月满则亏，水满则溢"，有时，太多的爱不是爱，而是巨大的伤害。

小欢喜

喜欢这样一种状态：太阳很好地照着，我在走，行人在走。微笑，我们对面相见不相识。心里却萌生出浅浅的欢喜，就像相遇一棵树，相逢一朵花。

路边的热闹，一日一日不间断。上午八九点的时候，主妇们买菜回家了，她们蹲在家门口择菜，隔着一条巷道，与对面人家拉家常。阳光在巷道的水泥地上跳跃，小鱼一样的。我仿佛闻到饭菜的香，这样凡尘的幸福，不遥远。

也总要路过一个翠竹园。是街边辟开的一块地，里面栽了数竿竹，盖了两间小亭子，放了几张石凳石椅，便成了园。我很爱那些竹，它们的叶子，总是饱满地绿着，生机勃勃，冬也不败。某日晚上路过，我透过竹叶的缝隙，看到一个亮透了的月亮，像一枚晶莹的果子，挂在竹枝上。天空澄清。那样的画面，经久在我的脑海里，每当我想起时，总要笑上一笑。

还是这个小园子，不知从哪天起，它成了周围老人们的天下。老人们早也聚在那里，晚也聚在那里，吹拉弹唱，声音洪亮。他们在唱京剧。风吹，丝竹飘摇，衬了老人们的身影，鹤发童颜，我常常看得痴过去。京剧我不喜欢听，我吃不消它的拖拉和铿锵。但老人们的唱我却是喜欢的，我喜欢看他们兴高采烈的样子，那是最好的生活态度。等我老了，我也要学他们，天天放声歌唱，我不唱京剧，我唱越剧。

路走久了，路边的一些陌生便成熟悉。譬如，拐角处那个卖报的女人，我下班的时候，会问她买一份报，看看当天的新闻。五月，她身旁的石榴树，全开了花，一盏盏小红灯笼似的，点缀在绿叶间，分外妖娆。我说，你瞧，这些花都是你的呀。她扭头看一眼，笑了。再遇见我，她会主动跟我打招呼，送上暖人的笑。有时我们也会聊几句，我甚至知道了，她有一个女儿，在读高中，成绩不错。

还有一家花店，开在离我单位不远的地方。花店的主人，居然是个男人，看起来五大三粗的。男人原是一家机械厂的职工，机械厂倒闭后，男人失了业。因从小喜欢花草，他先是在碗里种花，阳台上长一排，有太阳花，有非洲菊，有三叶草。花开时节，他家的阳台上，成花海。左邻右舍看见，喜欢得不得了，都来问他讨要。男人后来干脆开了一家花店，买了一些奇奇怪怪的小花盆，专门种花草。那些小花盆里长出的花草，都一副喜眉喜眼的样子，可爱得很。看他弯腰侍弄花草，总让人心里生出柔软来。我路过，有时会拐进去，问他买上一两盆花，偶尔也会买上几枝百合回家插。他每次都额外送我几枝满天星，说，花草可以让人安宁。真想不到这样的话，是他说出来的。一时惊异，继而低头笑，我是犯了以貌取人的错的。我捧花在手，小小的欢喜，盈满怀。

也在路边捡过富贵竹。是新开张的一家店，门口祝福的花篮，摆了一圈。翌日，繁华散去，主人把那些花篮，随便弃在路边。我看见几枝富贵竹，夹杂在里头，蔫头蔫脑的，完全失了生机。我捡起它们，带回家，找一个玻璃瓶插进去。不过半天工夫，它们的枝叶，已吸足水分，全都精神抖擞起来。

再隔几日，那几枝富贵竹，竟冒出根须来。隔了一层玻璃看，那些根须，很像银色的小鱼。我把它们放在我的电脑旁，无论什么时候看它们，它们都是绿莹莹的。这捡来的一捧绿，让我心里充满感动和快乐。

曾经我想过一个问题：这凡尘到底有什么可留恋的？原来，都是这些小欢喜啊。它们在我的生命里唱着歌，跳着舞。活着，也就成了一件特别让人不舍的事情。

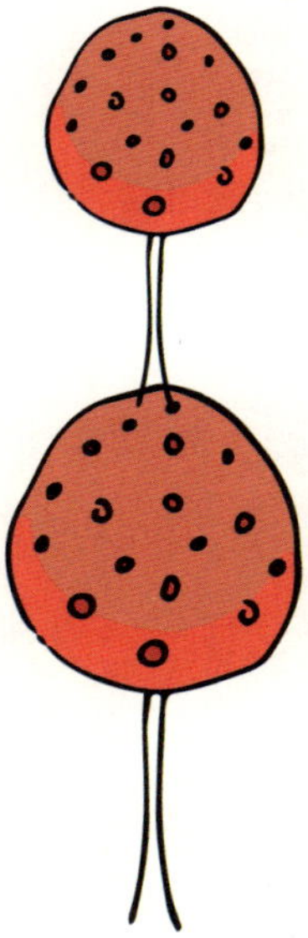

老人与花

老人种了一些花，在屋角后。

老人的屋后，是一条东西横亘的小径，小区里的人，出出进进，都从那里过。老式小区，居住简陋。小径两旁，多的是撂空的地方，少有人管理，任由杂草啥的胡乱长着，这儿牵一串野葛藤，那儿趴一堆婆婆纳。唯有老人的屋后，四季明艳，色彩缤纷。

我每从那儿走过，眼光都会不由自主落到那些花上面。月季是天天见着的，花朵儿硕大丰腴，一株橘红，一株明黄。还有一株，乳白色的，花瓣儿如凝脂。饱食终日的好模样。四五月份，老人的屋后，是鸢尾花的天下。蝴蝶一样的鸢尾花，扑扇着紫色的大翅膀，在人的心中，扇动起一圈一圈的温柔。到了七八月份，凤仙花和太阳花，你追我赶地盛开了，占尽颜色。

现在呢？秋渐凉，树上的叶，随着晚来的风，一片一片落。懒婆娘花和一串红，却正当好年华。它们不分彼此地缠绵在一起，粉红配大红。最是傍晚时分，懒婆娘花精神焕发地登场了，叭叭叭，一朵一朵粉色的花朵，吹吹打打地开了，热闹无限。你站定在它们身旁，仿佛就听到它们的欢笑，丁丁当当。还有什么不愉快的事，值得牵肠挂肚的？你最好向一朵花学习，快乐地绽放是最重要的，其他的，都可以忽略不计。空气中，溢满懒婆娘花的香和一串红的甜。秋凉的黄昏，亲切起来，温馨起来。

这个时候，老人必在。老人衣着整洁，头上灰白的发，抿得纹丝不乱。他在那些花跟前，弯下腰去，一朵一朵细细查看，眉眼里，盛着笑意。他很满意这些花如此欢快地开，而花们，也因了他的注目，更显明艳。夕阳的尾巴，拖得长长的，在老人身上，在花们身上，划过一道一道金色光芒。自然是有感知的，懂得感恩，无论是一株草，还是一朵花，你施与它关爱的恩泽，它回报你的，必是倾尽全力的蓬勃。

路过的人，会停下脚步看一会儿花，微笑着和老人打招呼：

“陈爹，赏花哪？”

“嗯，来看看，它们开得多好啊。”

“是陈爹你照料得好啊。”

“呵呵。”

“呵呵。”

人的声音去远了，老人还待在那些花旁边。直到夜色四合，花与暮色，融为一体。

某天，我被懒婆娘花牵了去，用手机给它们拍照。老人突然站在我身后，问："你看，这些花好看吧？"我答："嗯，好看。"老人接着问："你知道它们叫什么名字吗？"我说："懒婆娘花呗。"老人笑了："它可一点不懒，它们还有个名字呢，叫胭脂花。"被这个名字惊艳，再定睛细看，可不是嘛，一朵一朵粉色花朵，像胭脂涂在腮旁。老人得意，背了双手，围着花转。浑身上下，洋溢着孩子般的明净。

一日，突然听人谈起这个老人，说他是个退休老师，早些年，老伴就走了。唯一的儿子，也在前年，病死。而他自己，因患眼疾，失明已近十年了。

生命是一场感恩

旧年的最后一些日子，我闹牙疼。到新年，仍不见好。半边脸肿了起来。吃东西变得小心翼翼，哪怕只是一粒大米，我也要放在嘴里慢慢磨半天，方能咽下去。我这么磨着磨着，想起我奶奶的话来，一粒米，七碗水啊。说的是种粮食的艰辛。我努力回忆我奶奶说这话时的表情，那里面怜悯有，痛惜有，甚至，还有些激昂。可惜小时我不懂她，只一味顽劣天真，觉得她真是好啰唆好麻烦，吃东西不许掉一粒渣渣在地上。走路不许用手碰庄稼，更不用说拔一棵玩了。印着字的纸，不许随便扔垃圾堆里，响雷要打头的。我奶奶相信报应，相信因果轮回。她把她的信念，无形中渗透给我们兄妹。我们长大后，一个个虽无多大出息，但都善良本分。

我就这么想了一会儿我奶奶，她的样子，在我脑中浮浮沉沉。推算一下，她故去也有七八年了。真快啊。这个新年里，我想对她老人家说，我很感激她，教会我善良。我祝她老人家新年快乐。

我又想了些别的人和事。人的思绪真的有点怪，“天马行空”这个词造得好，它是专门用来说思绪的。人最管不住的，就是思绪了，心也管不住它。你不知道它什么时候会跑过来，又将跑向哪里去。一个思绪跳出来，有时很是莫名其妙，与此情此景都不搭界，但它就是来了，你的心只能跟着走。就像此刻，我坐在七楼我的家里，我害着牙疼，一边很努力地咀嚼着小半碗米饭。阳光在我的窗台上撒着欢。窗台上一盆蟹爪兰，打着肥嘟嘟的花苞苞，眼看着就要开了。我的眼前却晃出茅舍田埂来，有葵花朵朵向阳。扁豆藤把半个茅舍都缠住了。南瓜花趴在草垛子上。挥着竹竿赶着鸭跑的邻家老头子，嗬嗨嗬嗨唱着他自己才听得懂的歌。老头子单身一人，会哄我们小孩子玩，编个鸟笼或是小提篮什么的。我们追着他要，笑声四处飞溅。老头子常害牙疼，有时捧着半边肿了的脸，倚在我家门口说话。“老啦，不中用啦，又不能吃啦。”他说。我爷爷奶奶会出主意，喝点南瓜糊吧。

老头子后来早早去了地下，一些年后，我爷爷奶奶也去了。他们的坟相隔不远，这真好，他们做了一辈子的邻居，又将永远做下去。我相信，地下的他们，一定常常碰面，聊聊屋角头是种扁豆好，还是种南瓜好这样的话题。

我又想到我妈，我总爱闹牙疼多半遗传自她。我妈的牙不好，年轻时就不好，早早地掉得差不多了。有时我跟我妈开玩笑，我说都怨你，我老是牙疼。我妈便笑得万分抱歉，紧张地问：“你又牙疼了？”我妈还把她的黑头发遗传给了我，她已七十多了，头发仍是黑的。我的头发，像她的，一直黑得发乌，这是我引以为豪的。我妈也把她坚韧的品质遗传给了我，做事又勤奋又努力——这些，我都没有跟她说过。

我妈留给我的记忆不温和，小时，她对我们兄妹几个，动辄非骂即打。我妈现在骂不动人，更打不动人了，她的背严重地驼下去，很难买到适合她穿的衣裳了。她变得温顺，像一团软塌塌的面团，看见我们回去，她脸上的笑，会一整天不掉落。买东西带给她，她总是受宠若惊，连连说，谢谢啊，谢谢啊。谁声音稍稍大一点，也能吓着她。看着她，我总忍不住想，这个人，就是这个人，她给了我生命，我多么感激。我真想把她搂进怀里，当孩子来宠，告诉她，不要怕，岁月再厉害，也有我在一边给你守。可是，岁月真的太凌厉了，它会逐一拿走她所剩不多的牙齿、头发，以及眼神里的亮光，直至，她的整个生命。我所能做的，也只是祈求时光慢一点走，再慢一点走。

亦想起某个人来。那年深冬，夜深，雪飘，我闹牙疼，在电脑前黯淡。他电话来，说：“你不要这么用功了，老是熬夜，真让我心疼的。”一句心疼，让我记挂了好些年。尽管后来我们关系日益浅淡，直至再无联系，我还是十分十分感激他。一想起他，就有满满的阳光，飞扑过来。

也在突然间，收到一个女孩寄来的枣片，不远千里，从她的家乡。她说：“梅子老师，知您贫血得厉害，实在不放心，所以托人寄了这些枣片。这都是自己种的红枣，自己用铁锅炒的，您在超市里应该不太好买。”每日里，我丢几片枣片泡茶，一小口一小口慢慢喝。枣的甜便在我的舌尖上打着滚，然后一滴一滴，慢慢融入我的血液里，我的生命中。

善心如花

在一个陌生的小城歇脚，看到小城车站窗口悬挂着一个爱心箱。箱子其实是个普通的箱子，木头的，外表漆成养眼的草绿色。

上面用红漆写着三个大字：爱心箱。走过路过的人，有留意看一下的，也有根本不在意的。寻问当地人，这箱子做什么用呢？那人看一眼，笑说，是帮助落难的人回家呢。他走过去，从口袋里掏出一枚硬币投进去。

陆续地，有人亦走过去，捐出身上的硬币。

原来，这是一个捐款箱。所得资金，全部用来帮助车站上落难的旅客，让他们能顺利返家。据说这个爱心箱，已先后使几百人受益，爱心洒向全国各地。

突然觉得这个小城芳香四溢起来。一个人的一元不多，但很多人的一元，就能汇成一条爱的河流。我也走过去，投进去一元。我不知道我的那一元，会助谁踏上回家的路。当他顶着外面的风寒，推开家门，扑进家的温暖里，我想，他的心中，一定有花在开。

我的单位附近，卖吃食的小摊子多，各色各样的点心小吃，花样迭出，让人应接不暇。其中，有一卖茶馓的，却很少变换花样，她终年只卖一样，

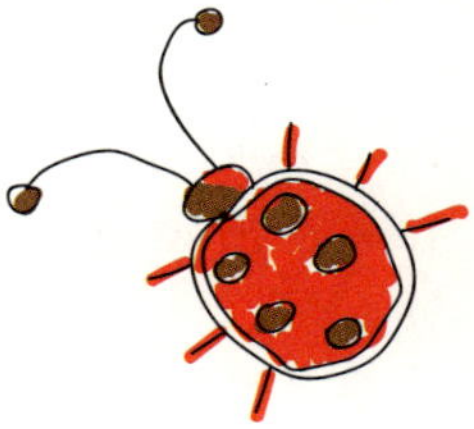

就是茶馓。那是一个中年妇人，头发有些灰白，成天套一件格子围裙。她守着她的摊子，并不叫卖，只安静坐着，生意却好得很，去买她茶馓的人，总是很多。不少的人，都是老顾客了，见面了，远远就招呼开了。

每次大家也不多买，就买上一元两元的，抓在手里，坐她边上吃，她会提供些白开水。大家一边吃，一边和她唠家常，说些天气如何之类的家常话。她呵呵笑着，眼角的鱼尾纹，全堆到一起。

我以为，茶馓一定很好吃。一次特地跑去买，尝过后，有些意外，味道实在太一般了。

她那里的顾客，却仍不见减少。有时我下班路过，她的摊子边，围着一圈人，都在吃茶馓，很热闹。这让我费解。

后来无意中听到她的故事。原本有着和美的一个家，却意外发生变故，一场车祸，儿死夫丧，她自己也断掉两条腿，靠卖茶馓维持生计。

知道她故事的人，都跑去买她的茶馓。渐渐地，这成了大家约定俗成的事。

我也常去了。每次只买一元，有时坐她旁边吃完，有时不。她笑笑的，我也笑笑的，很愉快。

那儿，新近又冒出几家小吃食摊子来，香喷喷的，直钻人鼻孔。她的生意，却没有因此受到影响，每次从她摊前过，我都看到有人在她那儿吃茶馓。忍不住感动，想，她终究是个幸运的人呢，被这么多善心包围着。

这样的善心，是这个世上不败的花朵。生命在，它的芳香就在。或许不浓烈，却一点一点，沁人心脾。

她不是一棵树

我是在丽江古城看到那个女人的，靛蓝的大褂，靛青的裤，腰系百褶围裙，典型的纳西族装扮。女人很老了，皮肤松弛，多皱褶。她盘腿坐在一方檐下，守着一堆绣花鞋垫，对着熙来攘往的人，风吹不动。像丽江河畔的一方石，抑或檐上的一块砖，身边的一个热闹世界，都与她无关的。她的身上，充满无法言说的古朴和沧桑。

我承认，这样的沧桑，深深打动了我。我身前身后的游人，亦有停下来看她的，他们在她的鞋垫面前弯下腰去，看看，并不买。抬头就是一爿店，里面更精美的东西，多的是。

我举起手里的相机。飞起的檐，赭色的木门，檐下的红灯笼，还有这个老妇人，这实在是个很不错的画面。我甚至想过，如果拍摄效果好，我要把它放进我的游记里，当插图。就在这时，突然从人群里冲出一个小孩来，小孩七八岁的样子，黑，瘦。他斜背着一个网兜兜，里面横七竖八躺着一些空饮料瓶。小孩几步就冲到檐下的老妇人跟前，伸出胳膊挡在前面，眼睛亮亮地对着我，口齿清晰地说，不许拍！

我吃了一惊，没明白过来，我说，怎么了？依然举着相机。

小孩一看急了，直视着我，再次强调，不许拍！她不是一棵树！

我震动了。这是我万万没想过的，是啊，她不是一棵树呢，我怎么可以随便拍？我放下举起相机的手，对小孩抱歉地笑了笑。小孩松了一口气，却仍盯着我，仿佛怕我随时偷拍。

我看他实在可爱，试着玩儿似的问他，那么，我可以拍你吗？

他眼睛滴溜溜地转了转，回答得倒爽快，说，可以。不过，他伸手一指老妇人脚边的五颜六色，坏坏笑，说，你得先买一双老奶奶的鞋垫。

我问，为什么呢？

他答，因为你刚才侵犯了她，算是向她道歉。

我笑，照他说的做了。他很高兴，挺配合地让我给他拍了一张照。我故意问他，你也不是一棵树呀，为什么让我拍？

因为你问过我可不可以呀，小家伙响亮地答。而后跑进人群里，像条小泥鳅似的，转瞬不见了踪影。

我笑愣在当地，为一颗小小的心里，住着的尊严。

这以后，我又去过很多地方，但不管到了哪里，我都不会再轻易把别人捉进我的镜头里。因为，她不是一棵树，我没有权利侵犯她。

生命自在

去山东，在沂水大峡谷，遇见一红衣少年。谷口，挤挤挨挨摆许多摊子，都是卖地方土特产的。红衣少年也夹在其中，只是他的摊子与众不同，他的摊子卖的是蝎子，活的，在几片草叶间蠕动。草叶子装在一个红塑料桶里，有点小恐怖。

少年的左颊上，卧两块铜钱大小的紫红色疤痕，火烧火燎般的。他在抛一枚核桃玩，抛上去，伸手接住。再抛上去，伸手接住。乐此不疲。他的近前，围了一些游人，好奇的居多，大家看看他桶里的蝎子，再看看他。无一例外地，人们都对他脸上的疤产生兴趣：

“这疤是怎么来的？”

他镇定自若地答：“胎记。”

“不会吧，哪有胎记是这个样子的？是不是捉蝎子时，被蝎子蜇的？”问者不依不饶。

周围一阵哄笑。

“不，是胎记。”他抬眼笑一笑，继续抛他的核桃玩。

那之后，我时不时地会想到这个卖蝎子的红衣少年，面对哄笑，他镇定自若地答："胎记。"在他那儿，生命以一种自在的方式存在着，不惊不惧，不卑不亢。

辽宁。乡下。傍晚时分，我去村子里转悠。村庄安静得像一个恬淡的梦，石头垒起的篱笆墙上，爬满了扁豆花。墙脚下，活泼的波斯菊满地打着滚，那么多，它们高兴开红花就开红花，高兴开黄花就开黄花，自由自在得不得了。

突然有歌声响起，如黄鹂轻啼，从篱笆墙的那头传过来。我探头去看，一个五六岁的小姑娘，一边唱歌一边弯腰在采花，采一朵，就往头上插一朵。她的头上，开满五颜六色的花。

怕惊扰了她，我悄悄走开去。远处的山峦，在薄暮下隐约。两只晚归的雀，从我头顶上空飞过去，它们落到我眼里的样子，像两朵在空中盛放的黑花朵。遥远的乡下，谁撞见了这份美？大地无言，生命自在。

常去一家水果摊买水果。摊主是个四十多岁的女人，我对她颇有好感。有时想吃水果了，我宁愿多走些路，也要走到她的摊位上去买。她的男人常年生着病，孩子在念中学，一个家全靠她撑着，日子是窘迫的。但她的人，一点也不显得颓败和愁苦，她每天出来摆摊，都会认真地给自己化个妆，描了眉画了唇，人看起来很有神采。她见人总是带着笑，你看着她，心里生着敬意，只觉得她美，美得很。

她让我想到一种花，我不知道那花的名字，它或许本来就没有名字的。

深秋的一天，我偶然撞见它的盛放，花小得像米粒。若不是我蹲下去细看，就被忽略了。花在路旁，在一棵冬青树的下面，冬青树枝繁叶茂的，像一道厚重的门，把它给遮住了。可是，它开花了，一开一大片，粉蓝的，虽娇小，却自有着它的奔放热情。美好自在。

人淡如菊

阮新买了一只蓝瓷瓶，蓝宝石一样的，莹润剔透。瓶身丰满，瓶颈却细而长，宛如穿着大裙摆的小姑娘，在引颈起舞。阮说，春天你可以插枝桃花，夏天可以插枝荷，秋天可以插枝金桂，冬天可以插枝蜡梅。

阮是开花店的。因喜欢花草，我经常光顾一些花店，由此结识了不少花店老板，每每有了新品种，他们总不忘给我发个短信，或打个电话。其中，就有阮。

阮不过三十出头，是这些花店老板中最年轻的，长相斯文，举止温和。他的花店，开在一条偏僻的巷子里，远离闹市。一小间平房，摆满各种花草，却取名：陶言瓷语。很特别。隔三岔五地，我会主动跑去阮的花店看看，不为看花，只为看看他装花的那些瓶瓶罐罐，一律陶瓷的，或活泼俏丽，或古朴素淡，或高贵典雅。阮常常出其不意地摆出一些来，颜色的纷繁自不必说，造型也别具一格，少有重样的。一株普通的花，凤仙花，或是秋菊，装在那些陶罐瓷瓶里，立马变得光彩照人。是灰姑娘走进王宫了。

价钱自然也不菲。来阮的花店逛的客，并不多，大多数人更愿意去买泥盆子装的花，便宜得很，三五块钱能买上一大盆，一季开完了也就完了，随手扔进垃圾桶，毫不可惜。阮的生意，便显得有些清淡，常常我去时，店里

一片静。那些好看的瓶瓶罐罐，摆了一花架，有的上面开着花，有的没有，遗世独立的模样。劝阮，也顺带卖卖廉价的花嘛。阮只笑笑，并不在意，把一株开着小红花的海棠，移进一只浅灰的陶罐里，顺手标上价：200 元。他把那罐海棠，摆到了店门口。走过的人，忍不住看上一眼，回头，再补上一眼。绿的叶，红的花，与浅灰的罐身搭配，像幅立体的油画。阮也不招徕，也不吆喝，一任大家看着，再走远。阮说，懂花的人，自然懂的。语气缓缓，像微风拂起清波。

也真是有人懂。常来阮花店里逛的，除了我，也有那么几个老顾客。他们跟阮说说笑笑，把店里每样陶瓷都用眼光抚摸一遍，最后，把喜欢的打包了。并问阮，底下将有什么新作品。到这时，我方才知道，阮店里摆出的陶罐瓷瓶，原都出自阮的手。每一件，都是阮亲自设计的，再花了重金，到陶瓷厂定做。

曾经的辉煌，更让人吃惊。名牌大学毕业的，出国镀过金，披了一身光环回来，在大都市拥有年薪几十万的职位。一次旅途中，阮偶然与陶瓷相遇，从此爱上。加上自幼喜欢花草，遂辞了职，回到小城，开了这家花店。

我想过要问问阮，有没有为他的选择后悔过。但看着埋首在一堆花草中，静好得犹如那些陶罐瓷瓶的阮，我终究没问。有顾客来，看中店里一罐绿萝，不还价，爽快地付钱，当宝贝样地捧走。阮微微笑着，站在门口，目送着那罐绿萝远去。

有人羡慕阮，可以有勇气与众不同。有人又说他傻，丢掉优裕繁华，太不值得。到阮这里都变得波平浪静了，阮只走着自己的路，人淡如菊。——这也是生活的一种，看似简单，是我们许多人望尘莫及的。

孩子和秋风

我和几个孩子站在一片园子里，感受秋天的风。

园子里长着几棵高大的梧桐树，我们的脚底下，铺了一层厚厚的梧桐叶。叶枯黄，脚踩在上面，嘎吱嘎吱，脆响。风还在一个劲儿地刮，吹打着树上可怜的几片叶子，那上面，就快成光秃秃的了。

我给孩子们上写作课，让孩子们描摹这秋天的风。以为他们一定会说寒冷、残酷和荒凉之类的，结果却出乎我的意料。

一个孩子说，秋天的风，像把大剪刀，它剪呀剪的，就把树上的叶子全剪光了。

我赞许了这个比喻。有“二月春风似剪刀”之说，秋天的风，何尝不是一把剪刀呢？只不过，它剪出来的不是花红叶绿，而是败柳残荷。

剪完了，它让阳光来住，这个孩子突然接着说一句。他仰向我的小脸，被风吹着，像只通红的小苹果。我怔住，抬头看树，那上面，果真的，爬满阳光啊！每根枝条上都是。失与得，从来都是如此均衡，树在失去叶子的同时，却承接了满树的阳光。

一个孩子说，秋天的风，像个魔术师，它会变出好多好吃的，菱角呀，花生呀，苹果呀，葡萄呀；还有桂花，可以做桂花糕。我昨天吃了桂花糕，妈妈说，是风变出来的。

我笑了。小可爱，经你这么一说，秋天的风，还真是香的。我和孩子们一起嗅，似乎就闻见了风的味道，像块蒸得热气腾腾的桂花糕。

一个孩子说，秋天的风，像个调皮的娃娃，他把树上的叶子，扯得东一片西一片的，那是在跟大树闹着玩呢。

哦，原来如此。秋天的风一路呼啸而下，原是藏着笑的，它是活泼的、热闹的，是在逗着我们玩的。孩子们伸出小手，跟风相握，他们把童年的笑声，丢在风里。

走出园子，风继续在刮。院墙边一丛黄菊花，开得肆意流畅，一朵一朵，像新剥开的橘子瓣似的，瓣瓣舒展，颜色浓烈饱满。一个孩子跳过去，弯下腰嗅，突然快乐地冲我说，老师，我知道秋天的风还像什么了。

像什么呢？我微笑地看她。她的小脸蛋，真像一朵小菊花。

秋天的风，像一个小仙女，她走到菊花旁，轻轻吹一口气，菊花就开了。这个孩子被自己的想象激动着，脸上洇着兴奋的红晕。

我简直感动了。可不是，秋天的风，多像一个小仙女啊！她走到田野边，轻轻吹一口气，满田的稻子就黄了。她走到果园边，轻轻吹一口气，满树的果实就熟了，橙黄橘绿。有小红灯笼似的柿子，还有青中带红的大枣，和胖娃娃一样的石榴。她走到旷野边，轻轻吹一口气，一地的草便都睡去了，做着柔软的金黄的梦。小野花们还在开着，星星点点，红的、白的、紫的，朵朵灿烂。在秋风里，在越来越高远澄清的天空下。

孩子有本心，即便是肃杀的秋风，他们也给它镶上童话的金边，从中窥视生命的可亲和可爱。

姚二烧饼

早上起来，突然想吃烧饼了，姚二烧饼。

姚二烧饼出名，小城里，好多人都知道。那是伴着一代人成长的。有孩子长大了，去外地工作，回忆家乡的味道，少不了要说说姚二烧饼。“想吃啊。”他们说。半夜里爬上微博发图，画饼充饥。

是条很古旧的居民巷子。小城里，原来有好多这样的老巷道，都铲除掉重建了，唯独这条巷道，还保留着。两边的房，高不过两层，大多数是平房。一家挨一家，密密匝匝。这家炒菜那家香，那家说话这家应，真个是和睦又亲厚。我从那里走过，常恍惚着，以为掉进了旧时光。

姚二烧饼店就在这条老巷子里。很小的门面，墙体灰不溜秋的。屋上的瓦，也是灰不溜秋的。门口搭一遮雨棚，烧饼炉子就摆在那雨棚下。

等烧饼的间隙，人站在店门口往里看，里面幽深幽深的，跟口老井似的。有一对眼珠子，突然蓝莹莹地看过来，是只大白猫，都十多岁了，老了。它蜷缩在一张凳子上，如老僧打坐般的，看门口的人，眼神儿透亮透亮的。一张案板，从门口一直延伸到里面。姚二夫妇和面做饼，都在这上面。上面有时还搁着大把大把的葱，肥肥的，绿绿的。

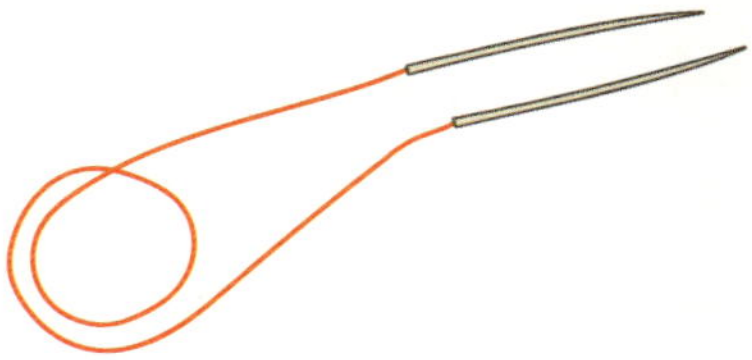

人贪恋那口旧旧的味道。纯手工的，手工擀皮子，手工剁馅，手工贴炉，任炉火慢慢烤着，烤得两面焦黄。烧饼刚出炉时，一股子麦子和芝麻的浓香，不由分说钻进你的五脏六腑，热烈得有点火辣辣的。为了那口香，他们的烧饼店门口，便常站着不少在等烧饼出炉的人，等多久都愿意。

等的人有时跟姚二夫妇搭话，“姚二，你家生意真好啊。”姚二的女人听了这话，冲说话的人笑一笑，手里的活，没有慢下一点点。姚二则抬一抬眼皮，回道：“还凑合吧，承蒙大家关照。”手里的活，也不见慢下一点点。

夫妇二人，都四五十岁了。长相颇相似，胖胖的，敦厚着的。是日子过得很四平八稳的模样。姚二是从十六岁起，就在这儿摆上了烧饼炉子，之后，一直没挪过地。他结婚后，女人加入进来。夫妇二人趁早带晚，做的烧饼，还是不够卖。

有人建议他们，找两个帮手，把店铺再扩一扩。姚二慢言慢语回，不用了，就这样蛮好。

的确，就这样蛮好。好多人都习惯了“就这样”。走过路过，看到他们夫妇，一个在案板上擀皮子，一个在包馅儿，也听不见他们言语什么，大白猫独自蜷在一旁打瞌睡。始觉尘世的寻常里，有香，有静，有稳妥，有相守。没有人介意那店铺的窄小，介意那墙壁和屋上瓦的灰不溜秋，几天不吃姚二烧饼，就很有些想了。

如我这般，一大清早起来，穿过大半个小城，奔了去买。然不过两个星期未见，那黑不溜秋的木门上，已贴上通告一张：姚二烧饼，从今天开始谢幕。谢谢大家多年来的关照。姚二。下面签着年月日。

旁有邻人，看着发呆的我说："每天都有不少人来跑空弯子。唉，关了，不做了，大前天就关了。"我怅惘伫立良久，方才慢慢走回。半路上不住回头，为什么就关了呢？为什么呢？

过几天，不死心，我复跑去看。那里的门面，已全被推翻掉，在重新翻盖和装修。据说要开一家化妆品店了。

等一个月亮

我被一个月亮吓着了，那么大一个，亮澄澄的，像朵丰腴的白莲花。周围空无一物，云不见一朵，星星没有一颗，它就那么“开”在半空中，寂然欢喜。

这是寻常的夏夜。各家都大门紧闭，窗帘拉严，冷气打得足足的，把月亮隔在门窗外。我亦如此，膝上搁块毛毯，在灯下读书，读到一首好诗：

妹，我们就种一小片云南

自己播种，自己收获

在坡地上，种草，种烟叶

种小白兔，种大象、森林和苍茫……

我怔住，在这些含着清香的字眼上转悠，突然想种点什么。

譬如，种一丛小花。让它开出星星点点的颜色，在南来北往的清风中鲜妍。

或是种点青葱。在做菜的时候，往每只碗里搁一小根，绿绿的，香香的，像鱼一样游。

要不，就随便丢下一把种子吧，长草长花，悉听尊便。它们会让一小撮泥土，产生奇迹，活色生香。

这是种欢喜，种等待，种希望，种幸福。在少有传奇的人生里，我们总要种点什么，日子才有趣味，才会变得绵长。

我一刻也坐不住了，起身下楼，打开门，在小院子里寻泥盆。就在这时，一捧的月光，不由分说扑向我，迅捷把我淹没。我心里惊疑，有月吗？一抬头，便逢着了一个硕大的月亮，在我的头顶上方，殷勤探望，它光洁柔嫩的面庞，清澈得如一张少女的脸。

我简直不能动弹，就那么傻傻地立在小院当中，看着它。我的身前身后，满淌着银色的月光，粼粼，粼粼。彼时，清风不动，四周俱寂。

我真想唤醒一些人，来啊，快快推开你们的窗，看看外面这美丽的月亮！

细细想来，有点冤，我们一生中，错过了多少这样的良辰美景？一年一度，我们盼着过中秋，好赏月，好念苏东坡的诗：

暮云收尽溢清寒，银汉无声转玉盘。

此生此夜不长好，明月明年何处看。

瞧，苏东坡都说了，此生此夜不长好的。我们以为，月亮也只有那夜才叫美。我们劳师动众，精挑一块靠近河岸的草地，旁有桂花树几棵，然后一圈人坐下来，吃着月饼，看一个大大的月亮爬上来。月影飘播，暗香浮动，我们心里满溢的，是对月亮的赞叹。也有人为赏中秋月，不惜重金，坐了飞机飞去某风景区，在山上住下来。说是山中月色，别有风味。一样把光辉均洒。只要有心，每个月夜，我们都能重逢到欢喜和美。我们却用墙，用门，用窗，把自己囚禁，把月亮和自然隔绝在我们之外。我们不知道花开得好，风吹得软，不知道鸟的啁啾，云霞的绚烂，我们逐渐变得麻木，淡漠，呆板，无有生机。

还好，我遇见了今夜的月亮。从此，有月的夜晚，我必会打开窗，静静地，等一个月亮。

世事静好

我坐在桌边，安静地看书的时候，突然想到“静好”这个词。

这是仲秋的上午，有一窗子的阳光。天上的云，是难得一见的纯白，挤挤挨挨着，跟瀑布跌落在岩石上似的，溅起一大朵一大朵雪白的浪花儿。楼下小径旁的栾树，开了大捧的细花，浅翠的，淡黄的。我心里有雀跃，用不了多久，它们又将擎着一簇簇红灯笼似的果了，亮丽闪耀，不分白天黑夜地照着。我出门，或是回家，便都有好颜色相送相迎。

草地上的几棵桂花树，也开始播着香了。别看这花模样细小，文静着，害羞着，甚至有些怯弱，像未曾见过世面的小女子，一颦一笑里，都藏着小心。事实上，才不是呢，它的性子猛烈得很，能量也大得惊人，是那种随时随地，都能挽起袖子，豪气得敢跟男人拼酒的角色。它一旦香起来，那是想收也收不住的，气势磅礴得很有些撒泼的意思了。却撒泼得不惹人厌烦，反倒叫人满心欢喜，宠着，爱着，不知拿它怎么办才好。一棵树，十里香。谁能拒绝它的甜与香呢？再多一些，再再多一些，也不嫌多的啊。是恨不得和它一起撒泼，和它一起醉过去。

虫鸣声也还有。吱吱，吱吱吱，吱吱吱吱，曲调明快、嘹亮。是秋蝉。人替它忧愁着，秋别离，秋别离，生命就要离去了呀。它却一点儿也不愁，照旧叫得响亮亮的。该来的，总归会来。愁是一天，乐也是一天，干脆还是唱着过的好。它知道，有限的生命，实在容不得浪费。

孩子的笑声，跑进耳里来。是他，还是她？每次下楼，我也总见几个咿呀学语的小孩，由家里的老人带着，蹒跚着在空地上玩耍。他们和一朵花能玩上大半天，和一棵草也能玩上大半天。他们专注地看着地上的蚂蚁散步，专注地仰头望着天上的鸟雀飞翔。黑葡萄似的眼睛里，汪着清泉。看到他们，我的心，总会变得特别柔软，忍不住要微笑起来，他们是生长在这个世上的童话，是世界最初的模样。

我看一会儿书，看一会儿窗外的云，任思绪就这样，漫无目的地策马奔腾着，时光便缓慢得很像从前的光阴了。从前的光阴，没有网络年代的光阴，都是这么缓慢而静好的。我和姐姐蹲在屋后的河边洗碗，看小鱼争食碗里的食物碎屑，看它们在水里面比赛着吹小泡泡。一朵一朵的小泡泡，撒落的珍珠似的，在水面上跳跃着，滚动着，四散开来。那是一个一个的小快乐吧。我们总要看得呆过去，看得心里面也泛起一朵一朵的小泡泡。圆的菱叶，浮在水面上。叶下面，有细白的小花。我们等着那些小花结出菱角来呢，等得好焦急呀。今日去看，花还是花。明日去看，花依然是花。哎呀呀，菱角怎么还没结出来呢！祖母又挥着笤帚，在赶偷食玉米粒的鸡。她踩着小脚，绕着场边跑着，怒斥着，像怒斥不听话的我们。鸡却不长记性，一会儿又跑来偷食。厨房的餐桌上，搁着新摘下来的茄子和丝瓜。中午饭又吃蒸茄子了，还有丝瓜汤，百吃不厌。弟弟坐在屋门前的桃树下，在翻一本连环画。那本连环画，已被我们翻得缺了角，卷了边。桃树底下，凤仙花天真烂漫地开了一大片。我们扯上一大把，红黄白紫，都有，捣鼓捣鼓，留着晚上包红指甲。

那些光阴真是慢啊，慢得像荡上天空的一丝棉絮，忽忽悠悠，天空远得很哪。村庄很像一支古老的歌谣，日复一日，弹唱着同样的曲调。熟悉的人，熟悉的物事，天天都能见着。简单的心，简单的欲求，世事莫不静好，真真叫我怀念得有些心碎。

母亲穿着鲜艳的碎花绿外套，头上扎着方格子三角巾。三角巾的一角被风撩起，像只扑腾着翅膀的纸鸢。金色的黄昏，在母亲身上铺一层橘粉，闪闪发光，她像是踩着云朵而来。

爱，踩着云朵来

小扇轻摇的时光

暑假了，母亲一直盼望我能回乡下住几天。她知道我打小就喜欢吃些瓜呀果的，所以每年都少不了要在地里面种一些。待到我放暑假的时候，那些瓜呀果的正当时，一个个碧润可爱地在地里面躺着，专等我回家吃。

天气热，我赖在空调间里怕出来，故回家的行程被一拖再拖，眼看着假期已过一半了，我还没有回家的意思。母亲首先沉不住气了，打来电话说，你再不回来，那些瓜都要熟得烂掉了。

再没有赖下去的理由了。遂带了儿子，冒着大太阳，坐了几个小时的车，回到了生我养我的小村庄。

村庄的人都是看着我长大的，看见我了，亲切得如同自家的孩子。远远地就笑着递过话来，梅又回来看妈妈啦？我笑着应。就听到他们在背后议论，这孩子孝顺，一点儿不忘本。心里面霎时涌满羞愧，我其实什么也没做啊，只偶尔把自己送回来给想念我的母亲看一看，竟被村人们夸成孝顺了。

母亲知道我回来，早早地把瓜摘下来，放在井水里面凉着。是我最喜欢吃的梨瓜和香瓜。又把家里唯一的一台大电扇，搬到我儿子身边，给我儿子吹。

我很贪婪地捧了瓜就啃，母亲在一边心满意足地看，一边说，田里面结得多呢，你多待些日子，保证你天天有瓜吃。我笑笑，有些口是心非地说，好。儿子却在一旁大叫起来，不行不行，外婆，你家太热了。

母亲就惊诧地问，有大电扇吹着还热?

儿子不屑了，说，大电扇算什么？我家有空调。你看你家连卫生间也没有呢。

我立即用严厉的眼神制止了儿子，对母亲笑，妈你别听他的，有电扇吹着不热的。母亲没再说什么，一头没进厨房间，去给我们忙好吃的了。

晚饭后，母亲把那台大电扇搬到我房内，有些内疚地说，让你们热着了，明天你就带孩子回去吧，别让孩子在这儿热坏了。

我笑笑，执意要坐到外面纳凉。母亲先是一愣，继而惊喜不已，忙不迭搬了躺椅到外面。我仰面躺下，对着天空，手上执一把母亲递来的蒲扇，慢慢摇。虫鸣在四周此起彼伏地响起，南瓜花在夜色里静静开放。月亮升起来了，盈盈而照，温柔若水。恍惚间，月下有小女孩，手执小扇，追着扑萤。依稀的，都是儿时的光景啊。

母亲在一旁开心地有一句没一句地说着话，重重复复的，都是些走过的旧时光。母亲在那些旧时光里沉醉。

月色潋滟，我的心放松似水中一根柔柔的水草，迷糊着就要睡过去了。母亲的话突然喃喃地在耳边响起，你还记得冬英不？就是那个跟男人打赌，一顿吃二十个包子的冬英。

当然记得，那个粗眉大眼的女人，干起活来，大男人也及不上她。

她死了。母亲语调忧伤地说，早上还好好的呢，还吃两大碗粥呢。准备到田里面锄草的，还没走到田里呢，突然倒下，就没气了。

人啊，母亲叹一声。

人啊，我也叹一声。

心里面突然警醒，这样小扇轻摇，与母亲相守的时光，一生中还能有几回呢？暗地里打算好了，明日，是决计不回去的了，我要在这儿多住几日，好好握住这小扇轻摇的时光。

【真题链接】

1. 说说本文标题“小扇轻摇的时光”具体指什么时光？

2. 本文中加横线部分是什么描写？其表达作用是什么？

3. “我很贪婪地捧了瓜就啃，母亲在一边心满意足地看。”请简要分析“贪婪”和“心满意足”的表达效果。

4. 本文中叙写冬英这一人物的内容能否删去？为什么？

佳句摘抄

★虫鸣在四周此起彼伏地响起，南瓜花在夜色里静静开放。月亮升起来了，盈盈而照，温柔若水。恍惚间，月下有小女孩，手执小扇，追着扑萤。依稀的，都是儿时的光景啊。

★暗地里打算好了，明日，是决计不回去的了，我要在这儿多住几日，好好握住这小扇轻摇的时光。

【阅读有道】

披文入情细思量

南朝著名文学理论家刘勰在《文心雕龙·知音》中这样写："夫缀文者情动而辞发，观文者披文以入情，沿波讨源，虽幽必显。"

他的意思是，作家创作，总是由内而外，即先有客观现实的感动启发而产生的内在情态，这种情态通过辞章表达出来；阅读文章的人则通过文辞来了解作者所要表达的感情，沿着文辞找到文章的源头，即使是很深奥的意思也终将会显现出来，被人所理解。

阅读者要想深刻理解文本，要想读懂作者，要想成为作者的"知音"，就要学会"披文以入情，沿波讨源"。

《小扇轻摇的时光》就是一篇值得披文入情的文章。

暑假里，母亲盼"我"回乡下家里住几天，在地里种上我最喜欢吃的瓜呀果的。"我"却总是赖在空调间里怕出来。再三拖延的乡下行，却被村庄的人夸赞为“孝顺”。夜晚，陪母亲户外纳凉，说起粗眉大眼的冬英之死，“我”决定在没有空调的乡下多住几日。

故事情节极其简单，就写了两个场景——有知名学者曾说过，叙事文章的基本单位就是场景——一是刚刚回家之时，我贪婪吃瓜，儿子嫌弃外婆家没有空调没有卫生间；二是我和母亲在户外纳凉。但是作者思想感情的变化，却一点也不简单。阅读者只有“披文入情”，才能体悟“个中三昧”。

面对母亲的“盼”，我总是“赖”，其实一个“赖”，就写出了至少三层心理：第一层，也想回家看看母亲，但想到老家天气炎热，就愿意待在空调间里；第二层，待在空调间里，却也想着母亲，想着乡下家里地里长着的瓜果；第三层，对于一直不能成行，心中总有一丝愧疚。这种愧疚在回乡的路上，在村人的夸赞中得以强化：心里面霎时涌满羞愧。一个“涌”字，把羞愧之多，羞愧之强烈，都写出来了。

正是因为有了这“羞愧”打底子，才有了晚饭后执意要陪母亲坐到外面纳凉，才有了对儿时光景的回忆，才有了听闻母亲说起冬英后的“心里面突然警醒”。一个突然警醒，“我”突然明白“要在这儿多住几日，好好把握住这小扇轻摇的时光”，写出“我”当时内心“人生苦短，来日无多”的感悟。

就这样，“我”由“赖”而“羞愧”，由“羞愧”而“沉醉”，最后因为冬英之死而“开悟”，作者的人生感悟在这次乡下之行中得到深化。我们正是在对文章重点词句的揣摩、品味中完成了对作家微妙心理的感知。

语言是思想的载体，思想是语言的内核。阅读中，细细品味，慢慢咀嚼，才能品得文章之“真味”，才能让文章中“爱”的养分滋养我们的生命。

他在岁月面前认了输

他花两天的时间，终于在院门前的花坛里，给我搭出两排瓜架子。竖十格，横十格，匀称如巧妇缝的针脚。搭架子所需的竹竿，均是他从几百里外的乡下带来的。难以想象，扛着一捆竹竿的他，走在车水马龙的大街上是副什么模样。

他说："这下子可以种刀豆、黄瓜、丝瓜、扁豆了。"

"多得你吃不了的。"他两手叉腰，矮胖的身子，泡在一罐阳光里。仿佛那竹架上，已有果实累累。其时的夕阳，正穿过一扇透明的窗，落在院子里，小院子像极了一个敞口的罐子。

我不想打击他的积极性，不过巴掌大的一块地，能长出什么来呢？况且我根本不稀罕吃那些了。我言不由衷地对他的"杰作"表示出欢喜，我说："哦，真不赖。"

他在我家沙发上坐，碰翻茶几上的一套紫砂壶。他进卫生间洗澡，水漫了一卫生间。我叮嘱他："帮我看着煤气灶上的汤锅啊，汤沸了帮我关掉。"他答应得相当爽快："好，好，你放心做事去吧，这点小事，我会做的。"然而，等我在电脑上敲完一篇稿子出来，发现汤锅的汤，已溢得满煤气灶都是，他正手忙脚乱地拿了抹布擦。

我们聊天，他的话变得特别少，只顾盯着我傻笑，我无论说什么，他都点头。我说："爸，你也说点什么吧。"他低了头想，突然没头没脑地说："你小时候，一到冬天，小脸就冻得像个红苹果。"想了一会儿又说："你妈现在开始嫌弃我喽，老骂我老糊涂，她让我去小店买盐，我到了那里，却忘了她让我买什么了。"

"呵呵，老啦，真的老啦。"他这样感叹，叹着叹着，就睡着了。身子歪在沙发上，半张着嘴，鼾声如雷。灯光下，他头上的发，腮旁的鬓发和下巴的胡楂儿，都白得刺目，似点点霜花落。

可分明就在昨日，他还是那么意气风发，一把二胡拉得音符纷飞。他给村人代写家信，文采斐然。最忙的是年根儿，村人们都夹了红纸来，央他写春联。小屋子里挤满人，笑语声在门里门外荡。我上大学，他送我去，背着我的行李，大步流星走在前头。再大的城，他也能摸到路。那时，他的后背望上去，像一堵厚实的墙。

老下去，原不过是一瞬间的事。

我带他去商场购衣，帮他购一套，帮母亲购一套。

他拦在我前头抢着掏钱："我来，我有钱的。"他"唰"一下，掏出一把来，全是五块十块的零票子。我把他的手挡回去，我说："这钱，留着你和妈买点好吃的，平时不要那么省。"他推让，极豪气地说："我们不省的，我和你妈还能忙得动两亩田，我们有钱的。"待看清衣服的标价，他吓得咋舌："太贵了，我们不用穿这么好的。"

那两套衣服，不过几百块。

我让他试衣。他大肚腩，驼背，衣服穿身上，怎么扯也扯不平整。他却欢喜得很，盯着镜子里的自己，连连说："太好看了，我穿这么好回去，怕你妈都不认得我了。"

他先出去的。我在后面叫："爸，不要跑丢了。"他嘴硬，对我摆摆手："放心，这点路，我还是认得的。"等我付了款，拿了衣服出门，却发现他在商场门口转圈儿，他根本不辨方向了。

我上前牵了他的手，他不习惯地缩回。我也不习惯，这么多年了，我们都没牵过手。我再次牵他的手，我说："你看大街上这么多人，你要是被车碰伤了怎么办？你得跟着我走。"他"唔"一声，粗糙的手，惶惶地，终于在我的掌中落下来，脸上，露出迷惘的神情。

我的眼睛，有些模糊，是夕阳晃花眼了吧？什么时候，他竟这样矮下去，矮下去，矮得我看他时，须低了头。他终于如一株耗尽生机的植物，匍匐到大地上。

【真题链接】

1. 联系语境，解释文中加点的词语。

言不由衷：______________________________

2. 阅读⑩－⑯自然段，用简洁的语言概括“我”和父亲之间发生的事情。

3. 从修辞的角度，赏析下列句子。

什么时候，他竟这样矮下去，矮下去，矮得我看他时，须低了头。他终于如一株耗尽生机的植物，匍匐到大地上。

4. 第⑧自然段运用了哪种记叙顺序？说说它在文中所起的作用。

5. 请简要分析本文以“他在岁月面前认了输”为标题的妙处。

佳句摘抄

★他两手叉腰，矮胖的身子，泡在一罐阳光里。仿佛那竹架上，已有果实累累。其时的夕阳，正穿过一扇透明的窗，落在院子里，小院子像极了一个敞口的罐子。

★灯光下，他头上的发，腮旁的鬓发和下巴的胡楂儿，都白得刺目，似点点霜花落。

★什么时候，他竟这样矮下去，矮下去，矮得我看他时，须低了头。他终于如一株耗尽生机的植物，匍匐到大地上。

【阅读有道】

阅读的更高境界

叶圣陶先生说："作者胸有境，入境始与亲。"意思是，读者只有被代入到作者的写作情境、内心世界，才能了解文章的喜怒哀乐，才会有所感悟。

丁立梅老师的散文多取材于生活中的点点滴滴，且描写入微，这很容易将读者带入她的"境"——人物仿佛就在自己的身边走动，花儿好像就在自己的眼前美美地开着。

《他在岁月面前认了输》中，首先，为表现父亲的老态，作者精心选择了两个空间——家里、商场，同时精心选择了三个角度——父亲的行为、父亲的言谈、父亲的肖像。尤其是商场这一场合的选择，更拓宽了叙事的空间，进一步表现了父亲的衰老。

然后运用了对比，因为要写父亲的衰老，必然会写出父亲的青壮年，回忆往昔父亲的"意气风发"，并与今日的父亲形成对比，意在表达岁月给父亲带来的变化。

作者的情感流动，也很少用直抒胸臆来表现，而是把对父亲的爱表现在“我”对父亲的言谈举止之中，尤其是篇末牵着父亲的手这一细节，更真实，也更易感知。读来让人唏嘘，也让人温暖。

丁老师的散文最暖人心，其暖不仅存在于文字之中，更如涓涓细流，缓缓流进读者的心田。唯有“入境”，才能感受作者、认识作者，才能体悟文字之美、人情之美、生活之美。如此这般，就进到了阅读的更高境界。

【经典赏析】

父亲的理想

母亲夜里做了一个梦，一个很不好的梦，是事关我的。

半夜里被吓醒，母亲坐床上再也睡不着。第二天天一亮，就催促父亲进城来看我。

父亲辗转坐车过来，我已上班去了，家里自然没人。父亲围着我的房子，前后左右转，又伸手推推我锁好的大门，没发现异样，心稍稍安定。

我回家时，已是午饭时分。远远就望见父亲，站在我院门前的台阶上，顶一头灰白的发，朝着我回家的方向眺望。脚跟边，立一鼓鼓的蛇皮袋。不用打开，我就知道，那里面装的是什么。那是母亲在地里面种的菜蔬，青菜啊、大蒜啊、萝卜啊，都是我爱吃的。一年四季，这些菜蔬，总是源源不断地输送到我的家里来。

父亲见到我，把我上下打量了好几遍后，这才长长地舒口气说："没事就好，没事就好。"又絮叨地告诉我，母亲夜里做怎样的梦，又是怎样地被吓醒。

"你妈一夜未睡，就担心你出事。"父亲说。

我仔细看父亲，发现他眼里有红丝缠绕，想来父亲一定也一夜未眠。

我埋怨父亲："我能有什么事呢，你们在家净瞎想。"

父亲搓着手"呵呵"笑，说："没事就好，没事就好。"他解开蛇皮袋口的扎绳，双手倒提袋子，菜蔬们立即欢快地在地板上蹦跳。青菜绿得饱满，萝卜白胖水灵。

我抓了一根萝卜，在水龙头下冲了冲，张嘴就咬。父亲乐了，说："我和你妈就知道你喜欢吃。"看我的眼神又满足又幸福。

饭后，我赶写一篇稿子，父亲坐在我边上，戴了老花眼镜，翻我桌上的报刊。他翻得极慢，手点在上面，一个字一个字地研究，像寻宝似的。我笑他："爸，照你这翻看的速度，一天也看不到一页呀。"父亲就笑了，低声嘟囔："我在找你的名字嘛。"

我一愣，眼中一热。转身到书橱里，捧了一叠我发表的文章给父亲看。父亲惊喜万分地问："这都是你写的？"我说："是。"父亲的眼睛，便乐得眯成了一条缝，连连说："好，好，我丁家出人才了。"他盯着印在报刊上的我的名字，目不转睛地看，看得眼神迷离。而后感慨地笑道："还记得你拖着鼻涕的样子呢。"

旧时光一下子回转了来，那个时候，我还是个绕着父亲膝盖撒欢的小丫头，而父亲，风华正茂，吹拉弹唱，无所不能，是村子里公认的"秀才"。那样的父亲，是怀了远大抱负的，他想学表演，想过做教师，想过从医。但家里穷，又有我们几个儿女的拖累，父亲的抱负，终是落空。

随口问了一句："爸，你现在还有理想吗？"父亲认真答："当然有啊。"我好笑起来，问，是什么。我以为父亲会说要砌新房子啥的。老屋已很破旧了，父亲一直想盖一幢新房子。但父亲笑笑说："我的理想是，能和你妈平平安安地度过晚年，自己能养活自己，不给儿女们添一点儿负担，不要儿女们操一点点心。"

父亲说这些话时语气淡然，一双操劳一生的手，安静地搁在刊有我文章的一叠报刊上。青筋突兀，如老根盘结。

爱如山路十八弯

她一直比较倔强。倔强，是她用来对付父亲的。她的父亲，是个军人。军人的作风，让他脸上的威严总是多于温和。

小时，她曾试图用她的优秀瓦解父亲脸上的威严，她努力做着好孩子，礼貌懂事、勤奋好学。当她把一张一张的奖状，捧至父亲跟前时，她难掩内心的激动，脸上有飞扬的得意。然而父亲只是淡淡看一眼，说，还要继续努力。

如此的不在意，深深刺痛了她。她甚至怀疑自己不是父亲亲生的。她跑去问母亲，母亲笑了，摸着她的头说，怎么会呢？生你的时候，你爸一高兴，从不喝酒的人，喝掉半斤二锅头呢。

哪里肯信？回头看父亲，父亲不动声色在翻一份报，怎么看怎么不像一个爱她的人。

这以后，她总跟父亲对着干，惹得父亲对她频频发火。她不吭声，倔强地看着父亲。最终，是父亲先叹一口气，转身而去，步履蹒跚。母亲曾苦着脸劝，你们父女两个，是前世的冤家吗？她想，或许是吧。

高中分文理科时，父亲建议她学文，那是她的特长。她偏偏选了学理。大学填报志愿时，父亲要她填报师范专业，照父亲的想法，女孩子做老师，是最理想的职业了，既稳妥又安全。她偏不，而是填了建筑专业。气得父亲干瞪眼。

大学毕业那年，她有心回到父母所在的城市找工作。但看父亲的表情，好像没有要她留下的意思。她一气之下，跑到千山万水外去了。

一个人在外打拼，难。举目的陌生，更是让她，多了几层寒冷。好在不久后她遇到好人，在公司看大门的张伯，亲人般地，对她关怀备至。下雨天张伯会给她送伞；家里做了什么好吃的，张伯会用半旧的饭盒装着，给她带了来。有一次，她按捺不住好奇心，问张伯，您怎么对我这么好？张伯笑笑说，你像我女儿啊，我也有个你这么大的女儿，在外地呢。那一刻，她想到父亲，心突然疼疼地跳了跳。

母亲时不时会给她寄东西来，吃的穿的用的，都有。父亲却不曾有只言片语来。她由此更坚定了，父亲，是从不爱她的。她对自己说，不要去想他。

那日，张伯过生日，喊她去家里吃饭。在张伯家，她受到张伯老两口儿热情的款待。她陪他们一起包饺子，热热乎乎像一家人。吃饭时，张伯一高兴，多喝了二两酒。喝多了的张伯，大着舌头，对她说，丫头，你有一个好爸爸啊，他左一个电话右一个电话来，拜托我要好好照顾你，说你性格犟，怕你吃亏哪。什么时候他来看你了，我一定要和他喝两盅。

她太震惊了，盯着张伯紧张地问，张伯，您认识我爸？

张伯笑眯眯地摇摇头，说，还不能算认识吧，我们只是电话联系着。

张伯，居然是她父亲战友的朋友。父亲拜托了战友，找到在这里工作的张伯，让张伯对她多多照顾。

她的心，顷刻间翻江倒海起来，原来山路十八弯，通向的，都是一个叫爱的地方。

吊在井桶里的苹果

有一句话讲，女儿是父亲前世的情人。说的是做女儿的，特别亲父亲，而做父亲的，特别疼女儿。那讲的应该是女儿家小时候的事。

我小时，也亲父亲。不但亲，还瞎崇拜。把父亲当举世无双的英雄一样崇拜着。那个时候的口头禅是，我爸怎样怎样。因拥有了那个爸，就很了不得似的。

母亲还曾嫉妒过我对父亲的那种亲。一日，下雨，一家人都在家，父亲在修整二胡，母亲在纳鞋底，我和弟弟在一旁玩。父亲和母亲有一搭没一搭地说着话，说着说着，就说到我们长大后的事。母亲问，长大了你有钱了买好东西给谁吃？我不假思索脱口而出，给爸吃。母亲纳鞋底的手，就停了一停，她充满希望地接着问，那妈妈呢？我指着小弟弟对母亲说，让他给你买去。哪知小弟弟是跟着我走的，也嚷着说要买给爸吃。母亲的脸就挂不住了，她鞋底也不纳了，竟抹起眼泪，数落起我来，说白养了我这个女儿。父亲在一边讪讪笑，孩子懂啥。语气里却透着说不出的得意。

待到我真的长大了，却与父亲疏远了去。每次回家，跟母亲有唠不完的家长里短，一些私密的话，也只愿跟母亲说。跟父亲，三言两语就冷了场。他不善于表达，我亦不耐烦去问。有什么事情，问问母亲就可以了。

也有礼物带回，却少有父亲的。都是买给母亲的，好看的衣裳、鞋袜和首饰。感觉上，父亲是不要装扮的，永远一身灰色的或白色的衬衫，蓝色的裤子。一次，我的学校里开运动会，每个老师发一件白色T恤。因我极少穿T恤，就挑了一件男式的，本想给家里那人穿的，但那人嫌大，也不喜欢那质地。回老家时，我就顺手把它塞进包里面，带给父亲。

我永远也忘不了父亲接衣服时的惊喜，那是猝然遭遇的意外，他脸上先是惊愕，继而拿衣的手开始颤抖，不知怎样摆弄了才好，呵呵傻乐半天，才平静下来，问，怎么想到给爸买衣裳的？

原来父亲一直是落寞的啊，我们却忽略他太久太久。

这之后，父亲的话明显多起来。他乐呵呵的，穿着我带给他的那件T恤，在村子乱晃，给这个看，给那个看。他也三天两头打电话给我，闲闲地说些话，在要挂电话前，好像是漫不经意地说上这么一句，你有空的话，就回家看看啊。我也就漫不经意地应上一句，好啊。却未曾真的实施过。

暑假到来时，又接到父亲的电话，父亲在电话里很兴奋地说，家里的苹果树结很多苹果了，你最喜欢吃苹果的，回家吃吧，保你吃个够。我当时正接了一批杂志约稿在手上写，心不在焉地回他，好啊，有空我会回去的。父亲“哦”一声，兴奋的语调立即低了下去。父亲说，那，记得早点回来啊。我“嗯啊”地答应着，把电话挂了。

一晃近半个月过去了，我完全忘了答应父亲回家的事。深夜，姐姐电话至。闲聊两句，姐姐忽然问，爸说你回家的，你怎么一直没回来？我问，家里有什么事吗？姐姐说，也没什么事，就是爸一直在等你回家吃苹果的。

我在电话里就笑了，我说爸也真是的，街上不是有苹果卖吗？姐姐说，那不一样，爸特地挑了几十个大苹果，留给你，怕坏掉，就用井桶吊着，天天放井里面给凉着呢。

心被什么猛地撞击了一把，我只重复说，爸也真是的，爸也真是的。就再也说不出其他话来。井桶里吊着的何止是苹果？那是一个老父亲对女儿沉甸甸的爱啊。

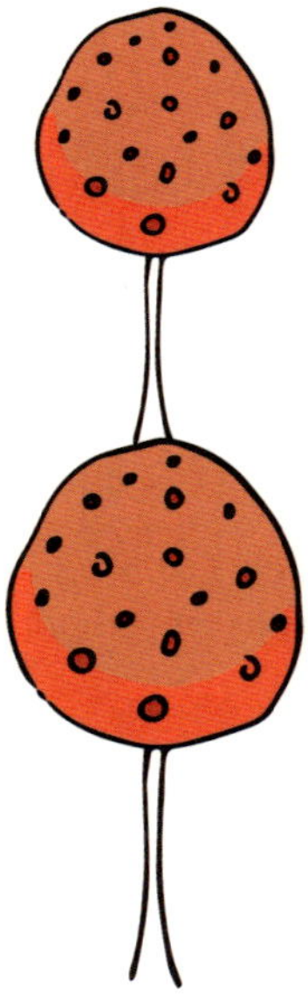

和父亲合影

父亲在 32 岁上，照过一张小照。在上海城隍庙照的。二寸，黑白的。父亲当时是送姐姐去上海看腿的。6 岁的姐姐，腿被滚水严重烫伤，整日整夜地哭。父亲的心被撕扯得七零八落。在姐姐的腿伤稍稍好转了之后，从不迷信的父亲，竟跑去城隍庙，想给姐姐买一个护身符。

父亲最终在城隍庙买没买到护身符，我不得而知。但父亲却走进了照相馆，拍了一张小照。

那时，对偏僻乡村的人来说，到照相馆照相还是件稀罕事。父亲的小照被带回来，村里人听闻，都聚到我家来看稀奇。一屋子的人争相传看着这张照片，啧啧称赞，说，拍得真好啊，就跟真人长得一模一样。

的确拍得好。拍摄的角度，微微有点倾斜，把父亲俊朗的轮廓，拍得十分立体。照片上的父亲，英气勃勃，神采郁郁葱葱。多年之后，我再看父亲那张小照，发现年轻的父亲，长得特像从前的电影演员赵丹。而这时的父亲，正蜷在家里的沙发上打瞌睡，衰老得似一口老钟。

记忆中的父亲，哪里会老呢，他是永远的 32 岁，风流倜傥，丰姿俊爽。在一帮大字不识一个的乡人里头，父亲很有些鹤立鸡群的样子。他不但断文识字，吹拉弹唱，也是无所不会。那时，我们兄妹几个，喜欢围了父亲转，看风把父亲的黑头发吹得飞扬起来。喜欢听父亲拉二胡、吹口琴、哼《拔根芦柴花》的小调。喜欢看父亲挥毫泼墨，似乎写尽江山。村里人家，哪家的门上，没有贴上父亲写的春联啊。这样的父亲，在我们的眼里，是举世无双的。

我上学了，成绩不错。父亲跟人说，只这个女儿，是他的翻版。但父亲从未指导过我学习。只一次，我伏在小凳子上，用红红绿绿的粉笔画人，把人涂得五颜六色。父亲走过来，俯下身子看我画人，看了一会儿，他握住我的手，替我帮人加上耳朵。又揩掉那些五颜六色，给人穿上中山装。我对着看，竟发觉画中人，有些像镜框中小照上的父亲了。我又是惊异又是自豪，我爸原来还会画照片上的人呀。

我渐渐长大，对父亲的崇拜渐渐少了去，直至无。我眼中的父亲，与其他庸常的父亲没什么两样，他抽难闻的水烟。爱吃大葱和大蒜。手指甲里淤着黑泥，他用那样的手，把玉米饼掰开，一块一块送到嘴里去。及至我工作了，父亲来城里看我，当着一帮我的同事，把大厦的“厦”读成夏天的“夏”，我羞红了脸纠正。父亲讪讪笑，再读，还是读成“夏”。我只有默默摇头。

父亲老了，很多的疾病缠上身。最严重的是脊椎病，发作时，压迫得他双腿不能走路。这时的父亲，无助得像个小孩，被我接进城里来看病，完全听任我的摆布，神情落寞。

那日，我和几个朋友外出游玩归来，在相机里翻看刚刚拍的照片。父亲也很感兴趣地凑在一边看，边看边夸道，拍得真好。我想起来，我好像极少和父亲拍过合影，就随口说了句，爸，要不，我们来拍一张合影？

父亲愣了一下，有些意外地看着我，问，就我们两个拍？我说，是啊，就我们两个。父亲笑了笑，有些犹豫，说，还是不拍吧，爸爸都这么老了，拍起来不好看。

我的心疼疼地跳了一下，父亲是老了。我嫌过他老吗？貌似没有。可事实上，我是在嫌弃。我不耐烦听他说话。我很少跟他一起出门。我也极少坐到他身边，握住他的手，陪他聊家常。我不知他又添了几道皱纹，白了几根头发。我与他，就这么，在岁月里疏离着。

我上前搂搂父亲，我说，爸，来吧，你不老，还是很帅的。

父亲犹疑地看看我，终于下定决心似的，答应，好吧。他很认真地理好头发，理顺衣衫，对着镜头摆好姿势。我靠上去，靠到他肩上，我说，爸，来，一二三，我们一齐笑。

照片上的父亲和我，都笑得灿若春花。父亲看着照片很开心，嘱我把合影洗出来，他说要带回家去，时常拿出来看。我遵嘱洗了两张，一张给了父亲，一张留给我自己。所有见过这张照片的人都说，你和你爸长得太像了，笑得一模一样。

人生赢家

我爸最近爱说一句口头禅，我赚了。

别以为老爷子发了什么横财。一个七十多岁的老农，守在家里的三分地上，种点蔬菜粮食，能发财到哪里去？我清楚地知道，我爸的口袋里，从来不会超过二百块。

我爸却满足得很，走哪里都乐呵呵的，说，我赚了。按我爸的说法是，过去没柴烧，现在有了。过去没饭吃，现在就恨肚子装不下。过去没衣裳穿，现在多得穿不了了。过去住茅草屋，现在住上砖瓦房了。这，当然是赚了。

我们兄妹几个一起归家，我爸最开心。他去地里拔了青菜，又拔萝卜。他一手举青菜，一手举萝卜，得意地对我们说，我种的。瞧，长得多好！我赚了啊！

青菜烧豆腐。萝卜烧肉。一家人坐下来，平日极少沾酒的我爸，这时，必满上一杯，轻酌慢饮。酒未醉人，人自醉，我爸笑眯眯地看看这个孩子，望望那个孩子，醉眼蒙眬，感叹道，这日子多幸福啊，我真是赚了。

我们懂他的意思，四个儿女，个个健全安康。虽没有大富大贵，却都善良本分，能把寻常的小日子，过得有声有色。对我爸来说，这就是他最大的收成。

他跟我们聊起村子里的人和事。记得福立吗？比我还小几岁呢，前些天得病走了，走的时候，床边没一个人，我爸摇头叹。福立真是苦了一辈子啊，招了个上门女婿，平日里对他非打即骂，他一辈子没吃过好的没穿过好的，就这么走了。我爸说着说着，就陷入到一层忧伤里。但很快，他又变得快乐起来。他慢慢呷了一口酒，看看我们这个，望望我们那个，幸福满满地说，比起福立，我赚多了，我的儿女个个孝顺。

又聊到富林。富林跟我爸是同龄人，膝下只有一个儿子。富林的儿子出息了，如今定居在美国。但我一点儿都不羡慕富林，我爸说，他不如我幸福，有个头疼脑热的，身边也没个人照应。哪像我这么有福，逢年过节，我的儿女都能回来看我。——这么一算账，我爸的确又赚了。

又聊到和我们一起长大的邻居四小。四小从小聪明，精明能干，有生意头脑。成年后，他南下广州做生意，一度辉煌闪耀，回到村子里，翻盖了三层楼房，很是鹤立鸡群。但他竟不走正道，偷偷贩毒，被抓了，判了个无期。我爸说，四小出了这档事，他的爹娘在村子里再抬不起头来了。你们都好好的，我就赚了，我爸最后总结道。

带我爸去北京。一路之上，他一直念念叨叨，说他赚大了。你想啊，村子里那么多人，谁能像我这样，又是坐火车又是坐飞机的，还看天安门爬长城？他们一辈子都不知道，天安门的门是朝南还是朝北呢。我赚大了，死了也闭眼睛了。我爸逢人便说。

现在，我爸的身子骨虽大不如前，但还能走能动。我买了辆老年代步车给他，他偶尔会载着我妈，到二十几里外的老街上吃了早点再回家。我爸觉得，比起躺在床上不能走不能动的人来说，他赚了。一生的艰难困苦，那都可以忽略不计的。我爸憧憬道，日子还会越来越好。

是的，日子会越来越好。我爸就像一面镜子，照见了我们内心的狭隘。想想，我们有坚固的屋檐庇佑风雨；有稳妥的工作滋养日子；有明亮的眼睛可以抬头看天，低头见花；有健康的双腿可以健步如飞，四处游走。生活中得到的，永远比失去的多。我们其实都是人生赢家。

爱，踩着云朵来

父亲说，你妈现在不中用了，在家门口都迷路。母亲小声争辩，是夜里黑，看不见嘛。

母亲去亲戚家做客，当夜搭了顺路车回来，车子停在离家半里路的河对岸，过了新修的桥，就到家了。可她却愣是找不着回家的路，稀里糊涂踏上了相反的路，越走离家越远，幸好遇到晚归的村里人，把她送回家。

母亲老了，这是不争的事实，她再也没有从前的利索和能干了。我看着母亲，百感交集，想起了多年前与她相关的一件事。

那年，我在外地上大学，第一次离家上百里，想家想得厉害，便写了一封家书。字里行间，都是浓稠的想念。母亲不识字，让父亲念给她听。她听完信，竟一刻也坐不住了，她决定坐车去学校看我。

那之前，母亲是从未出过远门的，大半辈子只圈在她那一亩三分地里。可她决心已下，任谁也阻拦不了。她去地里拔了我爱吃的萝卜，烙了我爱吃的糯米饼，用雪菜烧了小鱼……临了，母亲又去问邻居大婶借了做客的衣——一件鲜艳的碎花绿外套。母亲考虑得周到，她不想让在大学里念书的女儿丢脸。

左挎右掮的，母亲上路了。那时去我的学校，需要在中途转两次车。到了终点站还要走上十来里路。我入学报到时，是父亲一路陪着的。我跟着父亲上车下车，穿街过巷，直转得我头晕，根本分不清东南西北，记不住来时路。

然而我大字不识一个的母亲，却准确无误地摸到我的学校。我清楚地记得，那是秋末的一天，黄昏已经降临。起风了，校园里的梧桐树，哗啦啦地飘下一片片叶子。花坛里的菊花们，掏出最后一把热情，黄的花朵红的花朵，笑得满脸皱褶。我在教室里看完书，正收拾东西准备回宿舍，一扭头，竟看到母亲站在窗外，冲着我笑。我以为是眼花了，揉了揉眼，千真万确是母亲啊！她穿着鲜艳的碎花绿外套，头上扎着方格子三角巾。三角巾的一角被风撩起，像只扑腾着翅膀的纸鸢。金色的黄昏，在母亲身上铺一层橘粉，闪闪发光，她像是踩着云朵而来。

那日，我们的宿舍，过节一般。女生们个个都有口福了，她们咬着母亲带来的大萝卜，吃着雪菜烧小鱼，还有烙得金黄的糯米饼，不住地说，阿姨，好吃，太好吃了。我母亲，不大听得懂她们说的话，只拘谨地坐着，拘谨地笑着。那会儿，一定有风吹过一片庄稼地，母亲淳朴安然得犹如一棵庄稼。

至于一路之上，她是如何上车下车，又是如何七弯八拐，到达我们学校的。后来，她又是如何在偌大的校园里，在那么多的教室中，一下子找到我的，这成了一个谜。

我曾问过母亲，母亲始终笑而不答。现在我想，这些问题根本无须答案，因为她是母亲，所以，她的爱能踩着云朵而来。

爱到无力

母亲踅进厨房有好大一会儿了。

我们兄妹几个坐在屋前晒太阳，等着开午饭，一边闲闲地说着话。这是每年的惯例，春节期间，兄妹几个约好了日子，从各自的小家出发，回到母亲身边来拜年。母亲总是高兴地给我们忙这忙那。这个喜欢吃蔬菜，那个喜欢吃鱼，这个爱吃糯米糕，那个好辣，母亲都记着。端上来的菜，投了人人的喜好。临了，母亲还给离家最远的我，备上好多好吃的带上。这个袋子里装青菜菠菜，那个袋子里装年糕肉丸子。姐姐戏称我每次回家，都是鬼子进村，大扫荡了。的确有点像。母亲恨不得把她自己，也塞到袋子里，让我带回城，好事无巨细地把我照顾好。

这次回家，母亲也是高兴的，围在我们身边转半天，看着这个笑，看着那个笑。我们的孩子，一齐叫她外婆，她不知怎么应答才好。摸摸这个的手，抚抚那个的脸。这是多么灿烂热闹的场景啊，它把一切的困厄苦痛，全都掩藏得不见影踪。母亲的笑，便一直挂在脸上，像窗花贴在窗上。母亲突然想起什么似的说，我要到地里挑青菜了。却因找一把小锹，屋里屋外乱转了一通，最后在窗台边找到它。姐姐说："妈老了。"

妈真的老了吗？我们顺着姐姐的目光，一齐看过去。母亲在阳光下发愣：

“我要做什么的？哦，挑青菜呢。”母亲自言自语。背影看起来，真小啊，小得像一枚皱褶的核桃。

厨房里，动静不像往年大，有些静悄悄。母亲在切芋头，切几刀，停一下，仿佛被什么绊住了思绪。她抬头愣愣看着一处，复又低头切起来。我跳进厨房要帮忙，母亲慌了，拦住，连连说，快出去，别弄脏你的衣裳。我看看身上，银色外套，银色毛领子，的确是不禁脏的。

我继续坐到屋前晒太阳。阳光无限好，仿佛还是昔时的模样，温暖，无忧。却又不同了，因为我们都不是昔时的那一个了，一些现实无法回避：祖父卧床不起已好些时日，大小便失禁，床前照料之人，只有母亲。大冬天里，母亲双手浸在冰冷的河水里，给祖父洗弄脏的被褥。姐姐的孩子，好好的突然患了眼疾，视力急剧下降，去医院检查，竟是严重的青光眼。母亲愁得夜不成眠，逢人便问，孩子没了眼睛咋办呢？都快问成祥林嫂了。弟弟婚姻破裂，一个人形单影只地晃来晃去，母亲当着人面落泪不止，她不知道拿她这个儿子怎么办。母亲自己，也是多病多难的，贫血，多眩晕。手有严重的类风湿性关节炎，疼痛，指头已伸不直了。家里家外，却少不了她那双手的操劳。

我再进厨房，钟已敲过十二点了。太阳当头照，我的孩子嚷饿，我去看饭熟了没。母亲竟还在切芋头，旁边的篮子里，晾着洗好的青菜。锅灶却是冷的。母亲昔日的利落，已消失殆尽。看到我，她恍然惊醒过来，异常歉意地说：“乖乖，饿了吧？饭就快好了。”这一说，差点把我的泪说出来。我说：“妈，还是我来吧。”我麻利地清洗锅盆，炒菜烧汤煮饭，母亲在一边看着，没再阻拦。

回城的时候，我第一次没大包小包地往回带东西，连一片菜叶子也没带。母亲内疚得无以复加，她的脸，贴着我的车窗，反反复复地说：“乖乖，让你空着手啊，让你空着手啊。”我背过脸去，我说：“妈，城里什么都有的。”我怕我的泪，会抑制不住掉下来。以前我总以为，青山青，绿水长，我的母亲，永远是母亲，永远有着饱满的爱，供我们吮吸。而事实上，不是这样的，母亲犹如一棵老了的树，在不知不觉中，它掉叶了，它光秃秃了，连轻如羽毛的阳光，它也扛不住了。

我的母亲，终于爱到无力。

如果可以这样爱你

母亲坐在黄昏的阳台上，给我折叠晾干的衣裳。她是来我这里看病的，看手。她那双操劳一生的手，因患类风湿性关节炎，现已严重变形。

自从来城里，母亲一直表现得惶恐不安，她觉得她给我添麻烦了。那日，母亲帮我收拾房间，无意中碰翻一只水晶花瓶。我回家，母亲正守着一堆碎片独自垂泪，她自责地说："我老得不中用了，连帮你打扫一下房间的事都做不好。"我突然想起多年前，我还是个小女孩时，打碎家里唯一值钱的东西—— 一只暖水瓶，我并不知害怕，告诉母亲，是风吹倒的。母亲把我上上下下检查了一遍，看我伤了没有，然后揪我的鼻子，说："还哄妈妈，哪里是风，是你这个小淘气。"我笑了，母亲也笑了。现在，我真的想母亲这样告诉我，啊，是风吹倒的。尽管我一再安慰她没事的没事的，母亲还是为此自责了好些天。

看病时，母亲反复问医生的一句话是，她的手会不会废掉。医生严肃地说："说不准啊。"母亲就有些凄凄然，她望着她的那双手，喃喃语："怎么办呢？梅啊，妈妈的手废了，怕是以后不能再给你种瓜吃了。"我从小就喜欢吃地里长的瓜啊果的，母亲每年都会给我种许多。我无语。

带母亲上街，给母亲买这个，母亲摇摇头，说不要。给母亲买那个，母亲又摇摇头，说不要。母亲是怕我花钱。我硬是给她买了一套衣服，母亲宝贝似的捧着，感激地问：“要很多钱吧？”我想起小时，我看中什么，总闹着母亲给我买，从不曾考虑过，母亲是否有钱，我要得那么心安理得。母亲现在却把我的给予，当作是恩赐。

街边一家商场在搞促销，搭了台子又唱又跳的，我站着看了一会儿。一回头，不见了母亲。我慌了，大字不识一个的母亲，如果离开我，她将多么慌张！我不住地叫着“妈”，却见母亲站在不远处的一棵梧桐树下，正东张西望着。看见我，她一脸惭愧，说：“妈眼神不好，怎么就找不到你了，你不会怪妈妈吧？”

突然泪涌眼眶。我上前牵了母亲的手，像多年前，她牵着我的手一样，我不会再松开母亲的手。大街如潮的人群里，我们只是一对很寻常的母女。

如果可以这样爱你，妈妈，让我做一回母亲，你做女儿，让我的付出天经地义，而你，可以坦然地接受。

她已走过花木葱茏

母亲突然变得胆小了。

比方说，天一黑，她就不敢到屋外去。哪怕是在自家门口，也只是从这间屋子走到另一间屋子去。而从前，她常常是独自一人，顶着星星，在地里拾棉花，有时能拾上大半夜，浑身落满露珠的清凉。

再比方说，睡觉时她不敢面朝着窗户。窗帘挡得再严实，她也不敢。而从前，破房子里，处处漏风，她挡在外面，像棵大树似的，替我们抵御风寒。

再再比方说，在她住了一辈子的村庄里，她也会迷路，再不敢擅自外出。而从前，弟弟远在南京上学，从未出过远门的她，挎着一大包她做的糯米饼，一个人摸过去，几经辗转，准确无误地抵达弟弟学校门口。

母亲好像在一夕老下去，她怯弱得近乎懦弱了。她走路小心翼翼的。哪里的一声响，都会吓到她。谁的声音稍抬高一些，她也会害怕。而从前，她脚下生风，嗓门比谁的都高。和隔壁邻居吵架，她能吵上大半天，硬是把那个五大三粗的邻居，骂得缩回屋子去。

她患了小感冒，头晕目眩，吃不下饭，便以为活不成了，让父亲十万火急召我们兄妹回家，她一脸戚容，躺在病床上，对着我们哭，哭得凄惶极了，雨打风吹般的，仿佛生离死别。而从前，她发着高烧，也还能挑着百十斤的担子，在田埂道上健步如飞。割水稻时，没留心，一刀下去，恨不得剜下她腿上一大块的肉，血流如注。她也只是皱皱眉头，一滴泪也没有掉。

带她进城对身体做全面检查。她亦步亦趋跟着我，碎碎念，乖乖呀，给你添麻烦了，给你添麻烦了。检查的片子很快出来了，母亲很紧张，她蜷缩在我身后，眼巴巴瞅着医生。医生拿着她新拍的片子，上看看，下看看，然后慢条斯理说，老人家，你只是感冒了，有点小炎症。你身体好着呢，没啥别的毛病。

母亲不相信地看着医生。医生说，我给你开点消炎药，你吃吃就好了。母亲很乖地点头，使劲点头，她脸上的笑容，像迎春花触着春风，一点一点张开来。她高兴地对我说，医生说我没病呢。

留母亲在我家小住。母亲起初不肯，她放心不下家里的四只羊、两只鸡、一条狗，还有我父亲。你爸一个人在家呢，母亲说。像把一个小小孩丢在家里，她愧疚得很。我们有事要出门去，母亲赶紧跟过来，抢着开门。我说你这是干吗呢？母亲语气坚定地说：“我要跟你们出去。”我觉得好笑，我说：“我们一会儿就回来的。”母亲却很固执，一定要跟着。拗不过她，只好带上她。在路上，母亲说出她的心声，一个人在你们家，我怕。我万分惊讶。我说大白天的，你怕什么呢？何况这是我家啊。母亲不好意思地笑了，小声嘟哝，我也不知道，我就是怕。

母亲的爱好不多，她也不爱看电视，不爱听音乐，又不识字，书报也看不懂。她只能干坐在我的阳台上晒太阳，一边望楼下经过的车，一辆一辆地数。我怕她闷得慌，抽空陪她聊天，聊聊村子里新近发生的事，聊聊从前。母亲显得很欢喜，话也多起来，是鱼儿终归大海的样子。说到兴头上，却突然止了，很担心地问我，我没耽误你的时间吧？

夜晚，城市的灯火，才刚刚盛开，母亲就说要睡了。我安顿她睡下，给她塞好被子。她不放心地探出头来问，你不会再出去吧？我答，不出去的，我就守在这里。母亲满意地躺下，笑笑的，笑着笑着，就睡熟了。灯光洒在母亲脸上，像洒下一层橘子粉，母亲那张皱纹密布的脸，看上去又天真又纯净。

我轻轻关了灯，想着，等天亮了，就带她去吃她喜欢吃的自助餐，想吃多少就吃多少。在岁月的年轮中，母亲早已走过她的花木葱茏，回到生命的最初。从现在起，我要把她当孩子来宠。

远方的远

男人患了肝癌，晚期。行将就木。

守在一边的小女儿，六岁，对死亡懵懵懂懂。她害怕地问男人："爸爸，你要死了吗？"

男人伸手抚了小女儿的脸，笑着摇摇头："不，爸爸是要到很远很远的地方去。"

"很远很远的地方在哪儿？"女儿问。

男人于是让朋友把他和小女儿带到野外，那里，有一片原野，和低矮的山坡。春天了，草长莺飞，阳光的羽毛，轻轻飘落。一条长满小草和开满野花的小路，弯弯曲曲伸向远方。一群又一群的小粉蝶，在花草间嬉戏。远方，天与山齐。男人指着远方告诉小女儿："那里，是远方的远，爸爸要到那儿去。爸爸的爸爸，也就是你爷爷，一个人在那儿寂寞了，想爸爸了，所以，爸爸决定去看他。等你长大了，爸爸想你了，你也会走这么远，去看爸爸的。"

"那我就坐飞机去。"小女儿说。想了想，她又说："要不，我坐飞船去。飞船快吧，爸爸？"

男人笑了，男人说：“飞船很快很快。可是宝宝，你坐上飞船，你就看不到这些漂亮的小花了。还是慢慢走过去好，你一边走，还可以一边和蝴蝶们玩呀。”

小女儿觉得这个主意不错，她甚至想好，要做个大花环带给爸爸。“只是，你会认出我吗？”小女儿不放心地问。

男人说：“到那时，我就问路过的风儿，你们见过我的小女儿吗？我就问路边的小花，你们见过我的小女儿吗？它们会问我，你小女儿长什么样儿呀。我就说，哦，我小女儿有大大的眼睛，小小的嘴，长得像个小公主。她戴着一个美丽的花环，她总是甜甜地笑着，笑起来可漂亮啦。于是风儿和小花都会争着告诉我，呀，我们见过的呀。它们把我带到你身边，一指你，说，就是她呀。我就认出你了。”

小女儿开心地笑了。

男人接着说：“所以，爸爸走后，宝宝要快乐哦，要笑。不然，那些风儿，那些花儿，会不认得你。”

小女儿点头答应了，很认真地和男人勾了勾小指头。

不久，男人去了。小女儿很思念他，她在纸上画了一幅画：无边的原野，低矮的山坡，弯弯的小路。路边，开着一朵一朵的小花，花瓣儿像极微笑的眼睛，一路笑向天边去了。小女儿不悲伤，她知道，那里，就是远方的远，是爸爸在的地方。有一天，他们会在那里相聚。到那时，她一定要告诉爸爸，她一直一直过得很快乐。

回家

父亲生日，我记着，买了蛋糕和礼物，回家。

父亲很有些意外了，他根本没想到我能记着他的生日。他高兴得手足无措，在家门口转来转去，一会儿弯腰扶扶倚在墙边的扫帚，一会儿挥手去赶来凑热闹的鸡。我把买给他的礼物—— 一件外套拿出来，让他穿上试试。他不好意思起来，装作不在意地说：“不就是个闲生日嘛，买什么衣裳。”

我说：“爸，闲生日也要过，以后每年我都会替你过。”心下却黯然，父亲都七十一了，又有几个生日好过？

父亲却满足地“呵呵”笑起来，我看到他混浊的眼里有亮亮的东西闪现，我的举手之劳，一定在他心里掀起了万顷波澜。我和母亲在厨房里做饭，就听到他在外面大着嗓门儿，不厌其烦地告诉邻居二爹：“我家二丫头特地请假回来给我过生日。”“不就是个闲生日嘛，还给我又买衣裳又买蛋糕的。”他补充道。

母亲不屑，母亲说：“你爸就爱吹牛。”母亲的脸上，却荡满笑意——母亲也是欢喜的。

饭桌上，不胜酒力的父亲喝多了，他颠三倒四地叨叨：“我真幸福啊。”

我笑看可爱的老父亲，心里惭愧，从前的日子，我疏忽父母太多。好在还有当下的日子，我可以弥补。

出门去，阳光荻絮似的，淡淡轻拂。午后的村庄，安静得很像一捧流水，只剩下老人和孩子了——其实，孩子也没见着几个。只有几只狗，主人似的，满村庄溜达，不时吠上一两声。我以为，它们是寂寞了。

我去田间转悠。这里，那里，都曾留有我的少年光阴。我在地里挑过猪草羊草。我在地里掰过玉米，拾过棉花。我熟悉很多植物：车前子、牛耳朵、婆婆纳、一年蓬、黄花菜、苜蓿、菖蒲和苦艾。一蓬一蓬的苇花，在风中起舞，它们让我的目光，在上面逗留了又逗留。

一妇人趴在沟边锄草，身子都快躬到地上去了。她头上花头巾的一角被风撩起，露出里面灰白的发来——竟是那么的老！记忆里，她一根乌黑的长辫子，健壮结实，挑着担子也能健步如飞。

我站定看她，她也看我，许久，她“哎呀”一声：“这不是梅吗？”

我看着她笑，在心里找着话。说点什么好呢？我没找着。她大概也找不着要说的话，就从地里拔一棵白萝卜给我，说：“没有空心呢。”我接过，摘了路边的蚕豆叶子擦擦，“咔嚓”咬了两口——小时候，我都是这么干的。我们一村的人，也都是这么干的。

她“呵呵”笑起来，很开心的样子。“你真孝顺啊。”她终于又说一句。

我赧颜，又有些伤感。我听说过她的两个儿子，一个远去云南，做了人家的上门女婿。一个常年在外打工，极少回家。

地里的荠菜花开得星星点点，奔放灿烂是春天的事。麦苗儿却绿滴滴的，让人忍不住想揪了一把吃。

望见麦田中的坟。这儿一座，那儿一座，那里住着我熟悉的村人。我祖父祖母的坟也在。隔着不远的距离，我在心里向他们致敬。

有他们在，村庄便永远在。

花不在意。无人留意它，还有鸟儿呢。我看见一只翠鸟，飞进花树中，在绿叶白花间，蹦蹦跳跳，幸福地鸣叫。纵使没有鸟儿光顾，也还有蝴蝶呢，还有蜜蜂呢。哪怕只为一缕拂过的轻风，它的开放，也有了意义。

相见欢

幽幽七里香

三层小楼，粉墙黛瓦，阅览室设在二层。靠楼梯的一面墙上，满满当当的，摆的全是书。朝南的窗户外面，植着七里香。人坐在室内看书，总有花香飘进来，深深浅浅，缠绵不绝。

这是当年我念大学时，学校的阅览室。对于像我那样痴迷读书，而又无钱买书的穷学生来说，这间免费开放的阅览室，无疑是上帝恩赐的一座宝藏。在那里，我如饥似渴，阅读了大量的中外文学书籍。也是在那里，我初次接触到《诗经》，立马被那些好听的“歌谣”迷上。野外总是天高地阔的，我一会儿化身为那只在河之洲的雎鸠，一会儿又变身为采葛的女子，岁月绵远，天地皆好。

其实那时，我心卑微。我来自贫困的乡下，无家世可炫耀，又不貌美，穿衣简朴，囊中时常羞涩。在一群光华灼灼的城里同学跟前，我觉得自己真是又渺小又丑陋。

读书使我的内心，慢慢地，变得丰盈。那真是一段妙不可言的光阴，每日黄昏，一下了课，我匆匆跑回宿舍，胡乱塞点食物当晚饭，就直奔阅览室而去。看管阅览室的管理员，是个三十多岁的年轻人，个高，肤黑，表情严肃。他一见我跑去，就把我看的《诗经》取出来，交我手上，把我的借书卡拿去，插到书架上。这一连串的动作，跟上了发条似的，机械连贯，滴水不漏。我起初还对他说声“谢谢”的，但看他反应冷淡，后来，我连“谢谢”两字也免了，只管捧了书去读。

读着读着，我贪心了，我想把它据为己有。无钱购买，我就采取了最笨的也是最原始的办法——抄写。一本《诗经》连同它的解析，我一字不落地抄着，常常抄着抄着，就忘了时间。年轻的管理员站我身边许久，我也没发觉，直到他不耐烦地伸出两指，在桌上轻叩：“该走了，要关门了。”语调冷冷的。我才吃一惊，抬头，阅览室的人已走光，夜已深。

我不好意思地笑笑，归还了书。窗外七里香的花香，蛇样游走，带着露水的清凉。我心情愉悦，摸黑蹦跳着下楼，才走两级楼梯，身后突然传来管理员的声音："慢点走，楼梯口黑。"依旧是冷冷的语调，我却听出了温度。我站在黑地里，独自微笑很久。

那些日子，我就那样浸透在《诗经》里，忘了忧伤，忘了惆怅，忘了自卑，我蓬勃如水边的荇菜、野地里的卷耳和蔓草。也没想过自己到底为什么要迷恋，也没想过日后会走上写作的路，只是单纯地迷恋着、挚爱着，无关其他。

很快，我要毕业了。突然收到一份礼物，是一本《诗集传·楚辞章句》，岳麓书社出版的，定价七块六毛。厚厚的一本。扉页上写着：赠给丁小姐，一个爱读书的好姑娘。下面没有落款。

我不知道是谁寄的。我猜过是阅览室那个年轻的管理员。我再去借书，探询似的看他，他却无异常，仍是一副冰冰冷的样子，表情严肃。我又怀疑过经常坐我旁边读书的男生和女生，或许是他，或许是她。他们却埋首在书里面，无波，亦无浪。窗外的七里香，兀自幽幽的，吐着芬芳。

我最终没有相问。这份特殊的礼物，被我带回了故乡。后来，又随我进城，摆到了我的办公桌上。我结婚后，数次搬家，东迁西走，丢了很多东西，但它却一直都在。每当我的眼光抚过它时，我知道，这世界哪怕再叫人失望，也有一种叫美好的东西，在暗地里生长。

【真题链接】

1. 结合文章具体内容，简要分析文中的管理员是一个怎样的人。

2. “在一群光华灼灼的城里同学跟前，我觉得自己真是又渺小又丑陋。”请联系具体语境，赏析“光华灼灼”的妙处。

3. 分析文章第②自然段画线句子的作用。

4. 下面对文章有关内容的分析和概括，不完全正确的一项是：（　　）

A.《诗经》是贯穿这篇文章的线索。

B. 文章结尾的画线句子照应了前文情节，收束全文。

C. 本文极力描写阅览室管理员的表情严肃、说话语调冰冷，主要是还原生活的真实，让读者读起来更真切。

D.文题中的“七里香”，不单纯指自然界的花，也指美好的事物、温暖的情感。

5. 比较本文第⑥自然段画线句子和下面链接材料，说说它们在写法上的相同点和写作意图方面的不同点。

链接材料：

时候既然是深冬；渐近故乡时，天气又阴晦了，冷风吹进船舱中，呜呜的响，从篷隙向外一望，苍黄的天底下，远近横着几个萧索的荒村，没有一些活气。——鲁迅《故乡》

佳句摘抄

★三层小楼，粉墙黛瓦，阅览室设在二层。靠楼梯的一面墙上，满满当当的，摆的全是书。朝南的窗户外面，植着七里香。人坐在室内看书，总有花香飘进来，深深浅浅，缠绵不绝。

★也是在那里，我初次接触到《诗经》，立马被那些好听的“歌谣”迷上。野外总是天高地阔的，我一会儿化身为那只在河之洲的雎鸠，一会儿又变身为采葛的女子，岁月绵远，天地皆好。

★那些日子，我就那样浸透在《诗经》里，忘了忧伤，忘了惆怅，忘了自卑，我蓬勃如水边的荇菜、野地里的卷耳和蔓草。也没想过自己到底为什么要迷恋，也没想过日后会走上写作的路，只是单纯地迷恋着、挚爱着，无关其他。

【阅读有道】

操千曲而后晓声

刘勰《文心雕龙》中说，“操千曲而后晓声，观千仞而后识器。”形容掌握很多支乐曲之后才能懂得音乐的精髓，观察过很多柄剑之后才懂得如何识别剑器的高下。

学习音乐如此，阅读亦如此。

丁立梅老师的散文不仅题材广泛，能予人以温暖，而且其语言精粹、生动，让人读来为之赞叹不已。细究原因，其重要的一法就是大量读，反复读。在大量阅读之中，打下深厚的底子；在反复阅读之中，深得名著的精髓。《幽幽七里香》就不仅向我们展示了她大学时代的阅读经历，更向我们暗示了阅读与写作的不二法门。

在大学里，她痴迷读书——没有一个读有成就写有成就的人不痴迷于读书的，把免费开放的阅览室当作是上帝恩赐的一座宝藏，在那里如饥似渴地阅读。她的内心因阅读变得丰盈，无拘无束地去那天高地阔的野外，或化身为在河之洲的雎鸠，或化身为采葛之女，享受那绵远的岁月，享受着“皆好”的天地。

她不满足于读，甚至贪婪地想把书据为己有，于是开始了在别人看来绝对是蠢笨的“抄书”——也就是刘勰笔下的“操千曲”。正是因为抄写《诗经》，她知晓了《诗经》之美，多年之后，写成了《你有蔓草，我有木瓜——在〈诗经〉里相逢》。其实，《诗经》对作者的影响，不只体现在《你有蔓草，我有木瓜》，也体现在她的其他文章之中。她在《幽幽七里香》中很诗意地写道：窗外的七里香，兀自幽幽的，吐着芬芳。“兀自幽幽的，吐着芬芳”的又何止是那七里香，还有书页上的墨香，还有《幽幽七里香》中管理员和没有留名的送书人心灵的馨香，还有作家与生命中所有遇见的人相见时的欢悦、畅快！

好文章不是生命中的过眼烟云，而是积淀于生命中的点点滴滴，是生命的底子，也是精神的亮色。对于那些成为经典的，或者即将成为经典的作品，认真读，反复读，在读中揣摩，在读中感悟，是我们阅读的不二法门。

还是刘勰说得好：“操千曲而后晓声，观千仞而后识器。”

你并不是个坏孩子

一个自称叫陈小卫的人打电话给我，电话那头，他满怀激动地说："丁老师，我终于找到你了。"

他说他是我十年前的学生。我脑子迅速翻转着，十来年的教学生涯，我换过几所学校，教过无数的学生，实在记不起这个叫陈小卫的学生来。

他提醒我："记得吗？那年你教我们初三，你穿红格子风衣，刚分配到我们学校不久。"

印象里，我是有一件红格子风衣的。那是青春好时光，我穿着它，蹦跳着走进一群孩子中间，微笑着对他们说："以后，我就是你们的老师了。"我看到孩子们的脸仰向我，饱满、热情，如阳光下的葵。

"我当时就坐在教室最北边的一排啊，靠近窗口的，很调皮的那个，经常打架，曾因打破一块窗玻璃，被你找到办公室谈话的。老师，你想起来没有？”他继续提醒我。

是你啊！我笑。记忆里，浮现出一个男孩子的身影来，隐约着，模糊着。他个子不高，眼睛总是半睨着看人，一副桀骜不驯的样子。经常迟到，作业不交，打架，甚至还偷偷学会抽烟。刚接他们班时，前任班主任特意对我着重谈了他的情况：父母早亡，跟着姨妈过，姨妈家孩子多，只能勉强管他吃穿。所以少教养，调皮捣蛋，无所不为。所有的老师一提到他，都头疼不已。

“老师，你记得那次玻璃事件吗？”他在电话里问。

当然记得。那时我接手他们班才一个星期，他就惹出一件事来：与同桌打架，打破窗玻璃，碎玻璃划破他的手，鲜血直流。

“你把我找去，我以为，你也和其他老师一样，会把我痛骂一顿，然后勒令我写检查，把我姨妈找来，赔玻璃。但你没有，你把我找去，先送我去医务室包扎伤口，还问我疼不疼。后来，你找我谈话，笑眯眯地看着我说，以后不要再打架了，你打了人，也会让自己受伤的，对不对？那块玻璃你也没要我赔，是你掏钱买了一块重安上的。”他沉浸在回忆里。

我有些恍惚，旧日时光，飞花一般。隔了岁月的河流望过去，昔日的琐碎，都成了可爱。他突然说：“老师，你做的这些，我很感动，但真正震撼我的，却是你当时说的一句话。”

这令我惊奇。他让我猜是哪句话，我猜不出。

他开心地在电话那头笑，说：“老师，你对我说的是，你并不是个坏孩子哦。”

就这么简单的一句话，却让他记住了十来年。他说他现在也是一所学校的老师，他也常找调皮的孩子谈话，然后笑着轻拍一下他们的头，对他们说一句：“你并不是坏孩子哦。”

一句话，对于说的人来说，或许如行云掠过。但对于听的人来说，有时，却能温暖其一生。

【真题链接】

1. 文章写了一件什么事？请用简练的语句概括。

2. 结合具体语境，揣摩下面句子的妙处。

我看到孩子们的脸仰向我，饱满、热情，如阳光下的葵。

3. “这令我惊奇。他让我猜是哪句话，我猜不出。”在全文中起到了什么表达作用？

4. 文章最后一自然段在全文结构上的作用是什么？

5. 读完全文，你可以感受到学生对老师的________之情，同时，也体会到老师对学生的 ________ 之心。

佳句摘抄

★印象里，我是有一件红格子风衣的。那是青春好时光，我穿着它，蹦跳着走进一群孩子中间，微笑着对他们说：“以后，我就是你们的老师了。”我看到孩子们的脸仰向我，饱满、热情，如阳光下的葵。

★我有些恍惚，旧日时光，飞花一般。隔了岁月的河流望过去，昔日的琐碎，都成了可爱。

★一句话，对于说的人来说，或许如行云掠过。但对于听的人来说，有时，却能温暖其一生。

【阅读有道】

设疑与质疑

有人说，一部人类学术史，几乎就是一部怀疑的历史。

孟子说，尽信书，则不如无书。

阅读中，我们也要善“疑”。

首先要学会“设疑”。阅读文章时，要扣住题目问几个问题。比如看到《你并不是个坏孩子》时，试着提出以下问题：“你”是谁？这句话是谁说的？在什么时候、什么地方说的？为什么这样说？这句话对“你”产生了怎样的影响？带上这几个问题阅读，从文章中寻找答案，就会“释疑”，初步读懂文章。接着要学会“追疑”。这篇文章是如何起笔的？为什么这样起笔？文章叙述“陈小卫”的往事采取了怎样的手法？作者是怎样让故事的叙述更有价值？作者写这个故事想表达怎样的主题？“设疑—释疑—追疑”的过程，既是学生阅读文本、解读文本、理解文本的过程，更是品味语言、训练思维的过程。

然后，要学会“质疑”。苏教版初中语文课本中的《曹刿论战》中有这样一句话“下视其辙登轼而望之”，课本上标注的句读是“下视其辙，登轼而望之”，这种句读正确吗？登上的是“轼”吗？带着疑问，去查字典，去探究，就会发现，登上的不一定是“轼”，也可能登上的是“车”，只要重新标注句读即可：“（曹刿）下，视其辙，登，轼而望之。”先下车，再登上的自然是车。两种句读哪种更符合当时的实际情形？

在质疑思考的过程中，通过查找大量资料，进行多层次的思考，进而得出自己的结论。在整个过程中，曹刿到底登上什么，可能并不重要，更重要的是，要学会质疑、思考、研究，学会借助资料寻求答案。

学会“设疑”“质疑”这两种最常见的提出疑问的方式，可以帮助我们插上思想的翅膀，获得在阅读天地里飞翔的快乐。

【经典赏析】

黄裙子，绿帕子

十五年前的学生搞同学聚会，邀请了当年的老师去，我也是被邀请的老师之一。

十五年，花开过十五季，又落过十五季。迎来送往的，我几乎忘掉了他们所有人，然在他们的记忆里，却有着我鲜活的一页。

他们说，老师，你那时好年轻呀，顶喜欢穿长裙。我们记得你有一条鹅黄的裙子，真正是靓极了。

他们说，老师，我们那时最盼上你的课，最喜欢看到你。你不像别的老师那么正统威严，你的黄裙子特别，你走路特别，你讲课特别，你爱笑，又可爱又漂亮。

他们说，老师，当年，你还教过我们唱歌呢，满眼的灰色之中，你是唯一的亮色，简直是光芒四射啊。

他们后来再形容我，用得最多的词居然都是：光芒四射。

我听得汗流浃背，是绝对意外的那种吃惊和惶恐。可他们一脸真诚，一个个拥到我身边，争相跟我说着当年事，完全不像开玩笑的。

回家，我迫不及待翻找出十五年前的照片。照片上，我就是一位普通女子，圆脸，短发，还稍稍有点胖。可是，脸上的笑容，却似青荷上的露珠，那么透明和纯净。

一个人有没有魅力，原不在于容貌，更多的，是源于她内心所散发出的好意。倘若她内心装着善与真，那么，呈现在她脸上的色彩，必然叫人如沐暖阳，如吹煦风，真实、亲切，活力迸发。这样的她，是迷人的。

我记忆里也有这样的一个人。小学六年级，学期中途，她突然来代我们的课，教数学。我们那时是顶头疼数学的，原先教我们数学的老师是个中年男人，面上整天不见一丝笑容，严肃得像老古董。

她来，却让我们都爱上了上数学课。她十八九岁，个子中等，皮肤黑里透红，长发在脑后用一条绿色的帕子，松松地绾了。像极田埂边的一朵小野花，天地阔大，她就那么很随意地开着。她走路都连蹦带跳，跟只欢快的鸟儿似的。第一次登上讲台，她脸红，半天说不出话来，只轻咬住嘴唇，望着我们笑。那样子，活脱脱像个邻家大姐姐，全无半点老师的威严感。我们一下子喜欢上她，有新奇，更多的却是亲切。

记不得她的课上得怎样了，只记得，每到要上数学课，我们早早就在桌上摆好数学书，脖子伸得老长，朝着窗外看，盼着她早点来。我们爱上她脸上的笑容，爱上她的一蹦一跳，爱上她脑后的绿帕子。她多像一个春天啊，在我们年少的心里，茸茸地种出一片绿来。

她偶尔也惩罚不听话的孩子，却从不喝骂，只伸出食指和中指，在那孩子头上轻轻一弹，轻咬住嘴唇，看着那孩子笑道，你好调皮呀。那被她手指弹中的孩子，脸上就红上一红，也跟着不好意思地笑。于是，我们便都笑起来。我们的作业若完成得好，她会奖励我们，做游戏，或是唱歌——这些，又都是我们顶喜欢的。在她的课堂上，便常常掌声不断，欢笑声四起，真是好快乐的。

然学期未曾结束，却又换回原来严肃的男老师，她得走了。她走时，我们中好多孩子都哭了。她也伏在课桌上哭，哭得双眼通红。但到底，还是走了。我们都跟去大门口相送，恋恋不舍。我们看着她和她脑后的绿帕子，一点一点走远，直至完全消失不见。天地真静哪，我们感到了悲伤。那悲伤，好些天，都不曾散去。

我与青春再见时

十六七岁的年纪，是迫不及待要远走高飞的。像一朵花苞苞，就要开了，就要开了，却总也不见开。光阴是缓慢的，缓慢得像教学楼后矮冬青树下，一只慢爬的蜗牛。早上走过时，看它在爬。中午去看，它还在爬，总也爬不到树枝上去。

心是忧伤的。对着一枚叶，看着看着，也会落下泪来。清晨醒来，宿舍还是那个宿舍，教室还是那个教室，操场还是那个操场。教学楼前，一排法国梧桐树，撑着肥圆的叶，不知疲倦地绿着。校园的围墙上，爬满小朵的红，和黄，是些野喇叭花，无比寂静地开着。围墙外，传来敲铁皮的声音。那是不远处的一家小店铺，专卖各种铁桶。赤膊的中年男人成日举着铁锤，敲啊敲，声音单调又寂寥。

我时常望着教室的窗外，发呆，天上飘着淡的蓝，或淡的白。风吹得若有似无。我希望着人生这惨淡的一页，能速速翻过去。是的，惨淡。那个时候，我进城念高中，穿着母亲纳的布鞋，背着母亲用格子头巾缝的书包，皮肤黝黑，沉默寡言，跟野地里的芨芨草似的，又卑微又渺小。城里的孩子多么不同，他们住黛瓦粉墙的四合院。他们穿时髦鲜艳的衣，从青石板铺就的小巷子里，呼啸而出。他们漂亮白净、神采飞扬，不识四时农作物，叫我们乡下来的孩子：泥腿子。

我的神经时时绷着、敏感着，怕被伤了，偏偏时时被伤着。他们一个不屑的眼神、一句轻视的话语，都足以让我手脚冰凉。我变得越发地沉默，低着头走路，低着头做事，恨不得把头埋到泥地里去。

也总是要上他的课。彼时，他四五十岁，挺拔壮实。肤黑，黑得跟漆刷过似的。据说曾去西藏支教过几年。记得他初来上课时，刚一张口，全班都愣住了，他的声音与他的外表，实在不相称，他的声音尖，且细，跟女人似的。几秒钟，全班哄堂大笑。城里的孩子尤其笑得厉害，他们兴奋地拍着桌子，哗啦啦，哗啦啦。他在前面怒，眼睛睃巡一遍教室，揪出后排一个张嘴在笑的男生，厉声道："你们这些乡下来的，太没教养了！"

虽然他不是针对我，但这句话，却刺一样的，扎进我的心里面，再难拔去。再上他的课，我从不抬头听讲，兀自做自己的事。他上了一些课后，也终于发现我的"另类"，在课堂上当众点名批评，说出的话，如同崩出的石子儿似的，硌得人生疼。我越发地不喜欢他了。

他后来不再过问我，甚至连作业都不批改我的。一次，他在班上闲话考大学的事，大家踊跃说着理想中的职业。有城里同学看我一眼，大笑着说，她将来适合去做厨师。一帮同学附和着笑。我看到他的眼光不经意地掠过我，又越过去，什么话也没说，一任课堂上笑声泛滥。

是从那一刻起，我在心里发着誓，我一定要考上大学，给看不起我的人狠狠一击，特别是他。凌晨三四点，我一个人就悄悄起了床，到教室里点灯读书。如此地日复一日，结果，高考时我考了高分，他任教的一门，我考了年级第一名。

多年后，高中同学聚会，请来当年的老师，其中有他。他早已不复当年的挺拔，身子佝偻，双鬓染霜，苍老得厉害。这让我意外，想来他也不过六十来岁，何以会如此衰老？他在一帮同学的簇拥下，站到我跟前。同学让他猜，老师，她是哪个？他看定我，笑着摇摇头。同学提醒他，老师，她是当年我们班作文写得最好的那个，叫丁立梅啊。他看着我，还是抱歉地摇摇头，眼神天真。

有同学悄悄对我耳语老师失忆了。我一惊，突然想落泪。多年来，我极少回顾青春，以为那是我人生里的一道暗疮。可现在，我却多么愿意走回去，他还在讲台上挺拔着，我还在讲台下稚嫩着。教学楼前的梧桐树上，还有雀儿在跳得欢。

青春原是一场花开，欢乐或疼痛，都是岁月的赠予。因为经历了，我们才得以成熟，所以，感谢。我上前挽起他，我说，老师，我们合个影吧。相机上，我的笑容，映着他的笑容，当年的天空，铺排在身后。

青春不留白

上高中的时候，我在离家很远的镇上读书，借宿在镇上的远房亲戚家里。虽说是亲戚，但隔了枝隔了叶的，平时又不大走动，关系其实很疏远。是父亲送我去的，父亲背着玉米面、蚕豆等土产品，还带了两只下蛋的老母鸡。父亲脸上挂着谦卑的笑容，让我叫一对中年夫妇“伯伯”与“伯母”。伯伯倒是挺和气的，说自家孩子就应该住家里，让父亲只管放心回去。只是伯母，仿佛有些不高兴，一直闷在房里，不知在忙什么。我父亲回去，她也仅仅隔着门，送出一句话来：“走啦？”再没其他表示。

我就这样在亲戚家住下来。中午饭在学校吃，早晚饭搭在亲戚家。父亲每个月都会背着沉沉的米袋子，给亲戚家送米来。走时总要关照我，在人家家里住着，要眼勤手快。我记着父亲的话，努力做一个眼勤手快的孩子，抢着帮他们扫地洗菜，甚至洗衣。但伯母，总是用防范的眼神瞅着我，不时地说几句，菜要多洗几遍，知道吗？碗要小心放。别碰坏洗衣机，贵着呢。农村孩子，本来就自卑，她这样一来，我更加自卑，于是平常在他们家，我都敛声静气着。

亲戚家的屋旁，有条小河，河边很亲切地长着一些洋槐树。这是我们乡下最常见的树，看到它们，我会闻到家的味道。我喜欢去那里，倚着树看书，感觉自己是只快活的小鸟。洋槐树在五月里开花，花白，蕊黄，散发出甜蜜的气息。每个清晨和傍晚，我几乎都待在那里。

不记得是哪一天看到那个少年的了。五月的洋槐花开得正密，他穿一件红色毛线外套，推开一扇小木门，走了出来。他的手里端着药罐，土黄色，很沉的样子。他把药渣倒到小河边，空气中立即弥漫着浓浓的中草药味。少年有双细长的眼，眉宇间，含着淡的忧伤。他的肤色极白，像头顶上开着的槐树花。我抬眼看他时，他也正看着我，隔着十来米远的距离。天空安静。

这以后，便常常见面。小木门“吱呀”一声，他端着沉的药罐出来，红色毛衣，跳动在微凉的晨曦里。我知道，挨河边住着的，就是他家。白墙黛瓦，小门小院。亦知道，他家小院里，长着茂密的一丛蔷薇，我看到一朵一朵细嫩粉红的花，藏不住快乐似的，从院内探出头来，趴在院墙的墙头上笑。

一天，极意外地，他突然对着我，笑着“嗨”了声。我亦回他一个“嗨”。我们隔着不远的距离，相互看着笑，并没有聊什么，但我心里，却很高兴很明媚。

蔷薇花开得最好的时候，少年送我一枝蔷薇，上面缀满细密的花朵，粉红柔嫩，像年少的心。我找了一个玻璃瓶，把它插进水里面养，一屋子，都缠着香。伯母看看我，看看花，眼神怪怪的。到晚上，她终于旁敲侧击地说：“现在水费也涨了。”又接着来一句，“女孩子，心不要太野了。”像心上突然被人生生剜了一刀似的，那个夜里，我失眠了。

第二天，我苦求一个住宿舍的同学，情愿跟她挤一块睡，也不愿再寄居在亲戚家里。我几乎是以逃离的姿势离开亲戚家的，甚至没来得及与那条小河作别。那一树一树的洋槐花，在我不知晓的时节，落了。青春年少的记忆，成了苦涩。

转眼十来年过去了，我也早已大学毕业，在城里安了家。一日，我在商场购物，发觉总有目光在追着我，等我去找，又没有了。我疑惑不已，正准备走开，一个男人，突然微微笑着站到我跟前，问我：“你是小艾吗？”

他跟我说起那条小河，那些洋槐树。隔着十来年的光阴，我认出了他，他的皮肤不再白皙，但那双细长的眼睛依旧细长。

——我母亲那时病着，天天吃药，不久就走了。

——我去找过你，没找到。

——蔷薇花开的时候，我会给你留一枝最好的，以为哪一天，你会突然回来。

——后来那个地方，拆迁了。那条小河，也被填掉了。

他的话说到这里，止住。一时间，我们都没有了话，只是相互看着笑，像多年前那些微凉的清晨。

原来，所有的青春，都不会是一场留白，不管如何自卑，它也会如五月的槐花，开满枝头，在不知不觉中，绽出清新甜蜜的气息来。

我们没有问彼此现在的生活，那无关紧要。岁月原是一场一场的感恩，感谢生命里的相遇。我们分别时，亦没有给对方留地址，甚至连电话也不留。我想，有缘的，总会再相见。无缘的，纵使相逢也不识。

粉红色的信笺

忘不了我一伸手时，她脸上的惊慌，像只受惊的兔子，两只大眼睛无处转移视线，扑棱棱地乱撞着。手攥得紧紧的，一抹潮红，像水滴在宣纸上，迅速洇满她青春的脸庞。

那是高考前夕，学生们都低头在自修，每颗脑袋像极饱满的向日葵，沉甸甸地低垂着，是丰收前的一种沉重。我在课桌间来回转着圈，不时解答一两个疑问。在这期间，她一直目不斜视地坐在座位上，快速地写着什么。她面前摊着课本，但我还是在那课本下轻易就发现了一张粉红色的信纸，纸上飘着点点梅花，雪花似的。她的字一个一个落到那上面，也如同盛开了的小花。我站她身后看了好一会儿，确信她写的东西完全与学习无关。所以，在她即将写完的时候，我含笑向她伸出手去。

给我——虽是温柔的低声的，但却不容置疑。她愣怔半天，慢慢把手上的东西递过来。教室里平静如常，没有学生注意到这边的这一幕。我把那张纸小心地折叠好，然后又递给她，我笑说，青春的东西，要收好。她很意外，吃惊地看着我，我俯过头去，耳语般地对她说，老师也曾青春过，这也曾是老师的秘密。然后直起身来，轻轻拍拍她的肩，对她微笑。她脸上的表情开始放松了，最后舒展成一个灿烂的笑，像三月的桃花。我对她点点头，我说，看书吧。她听话地翻开课本，一脸的释然。

半年后，我收到一封从一所名牌大学寄来的信，是她写的。信纸是我见过的那种，粉红色的，上面飘着点点梅花。她在信中写道，老师，感谢你用最美丽的方式，保留了我青春的完整。当时我以为我完了，我不敢想象那后果，我以为接下来该是全班同学的嘲笑，该是校长找我谈话了，该是家长到学校来。真的那样之后，我还能抬起头来吗？我不敢想象我还能心态正常地参加高考。最后她写道，老师，谢谢你，给了我一个台阶，一个最堂皇的理由。

青春的岁月里，原是少不了一些台阶的，得用理解、用宽容、用真诚去砌，一级一级，都是成长的阶梯。

桃花流水窅然去

小桥。流水。凉亭。老人们说，当年这地方是一个姓戴的地主家的大宅院，土改后收归公家所有，几经周折，最后改成了学校——戴庄中学。

我念初中的时候，每日里走上六七里地，到这个中学来读书。都是十三四岁的孩子，今儿见着，还瘦小着呢，明儿再见，那个子已蹿得跟棵小白杨似的。我也在不断地长着个头。母亲翻出旧年的衣衫给我穿，袖子嫌短了，衣摆不够长了。母亲在衣袖上接上一块，在下摆处，也接上一块，用灰的布条或蓝的布条。我穿着这样的衣裳，走在一群衣着齐整的同学中间，内心自卑得如同倒伏在地的小草。

我变得忧伤，变得不爱说话，即使被老师喊起来回答问题，声音也小得跟蚊子似的。班上男生女生打闹成一片，唯独我是孤独的。男生们给女生取绰号，他们嘻嘻哈哈地叫，女生们嘻嘻哈哈地应。但他们愣是没给我取绰号，让我时刻提着一颗心，担心他们在背地里取笑我。一天，同桌突然告诉我：“你也有绰号的呀，你的绰号叫‘小胖’。”我的心，在那一刻黑沉沉地往下掉，掉到看不见的地方去了。

上美术课了，老师在黑板上画了一株桃花，让我们仿画。一缕春风从敞开的窗户吹进来，吹动我们的书本，有燕子在窗外呢喃。我的心，在那一刻

想逃走，逃得远远的。我想起跟父亲去老街时，看见老街附近有一片桃园，那时，桃正蜜甜在树上。若是万朵桃花一齐怒放，会是什么样子？我想知道。

我突然就坐不住了，春风里仿佛伸出无数双手，把我往校园外拽。我要去看那些桃花。这想法让我兴奋。我溜出了校门。满眼是碧绿的麦子、金黄的油菜花，人家的房，隐在排山倒海的绿里面。风吹得人想飞。我一路狂奔，向着那片桃花地。

半路上，遇到一只小狗。它蹲在路边看我，我也看它，我们的信任几乎是在一瞬间达成。起初它离我有几尺远，后来，干脆绕到我的脚边。我临时给它起了个名副其实的名字——“小狗”。我叫：“小狗。”它就朝我摇摇尾巴，好像很满意我这叫法。我们一路相伴着走，一人，一狗，阳光照着，很暖和。

当大片的桃花映入我的眼帘时，天已暮。一树一树的桃花，铺成一树一树粉粉的红，仿佛流淌的河，静静地，朝着夜幕深处流去，看得我想哭。有归家的农人，从桃园边过，他们不看桃花，他们看看我，奇怪地问：“孩子，你找谁？”

我摇着头，走开。我在心里说，我不找谁，我只找桃花。

那一晚，我一直在桃园边游荡，陪着我的，是那条半路相遇的小狗。走累了，我们钻进桃园，倚着一棵桃树睡了，并不觉得害怕。

第二天清早，我原路返回，小狗一直跟着我。在校门口，我蹲下身子，抱住它的头，不得不跟它说再见。我后来进校园，回头看到它蹲在校门口看我，眼睛里充满不舍，还有忧伤。

学校里早就闹翻了天，因为我的离校出走。母亲一夜未睡，在外面无头无绪地找了大半宿，一屁股跌坐在教室外的台阶上，哭。当看到我出现时，母亲又惊又怒。所有人都来追问我到底去了哪里，为什么要离校出走。他们问，我就哭，哭得上气不接下气，哭得他们反过来劝我不要哭了。其实，我那时，根本不知道自己在哭什么，觉得像做了一场梦。但哭过后，我的心宁静了，我安静地坐在教室里，读书，做作业。倒是我的同桌，像探听秘密似的，问我去了哪里。我不说，她幽幽地看着窗外，向往地说："你去的地方，一定很好玩吧？"

成年后，跟母亲笑谈我年少时的种种。我问母亲："记不记得那一次我逃课？"

母亲问："哪一次？"

我说："去看桃花的那一次。"

母亲"啊"一声，笑："你一直很乖的，哪里逃过课？"

相见欢

花，真大，硕大。白缎子扎出来似的。人普遍称之广玉兰。它其实还有个别名，叫荷花玉兰。这叫法才真叫体己，把它的清新脱尘，活脱脱给叫出来了。它是开在树上的荷花。

一排，一排，路两侧，高大的树上，栖落着这样的花朵。密集的绿叶之中，它的白，愈发显得醇厚、浓郁，质感嫩滑，跟新鲜的奶油似的，让人有咬上一口的欲望。

五六月的天，小城的荷花玉兰，不吵不闹地开了，一朵接着一朵，总要开到七八月。花香顺着风飘，清清淡淡，清清淡淡。是出浴后的女子，怀着体香。因为多，人多视而不见，他们日日吸着花香走，却不知道感激谁。

花不在意。无人留意它，还有鸟儿呢。我看见一只翠鸟，飞进花树中，在绿叶白花间，蹦蹦跳跳，幸福地鸣叫。纵使没有鸟儿光顾，也还有蝴蝶呢，还有蜜蜂呢。哪怕只为一缕拂过的轻风，它的开放，也有了意义。

与它，不是初相识，而是再相逢。是十八九岁的年纪吧，我远在外地的阅览室看书，拣了窗口坐。窗外，一棵荷花玉兰，枝叶蓬勃得都俯到窗台上来了。什么时候看着，它都是满树的绿油油，春光永驻的样子。

最喜花开时分。是鼻子先知道的。一缕一缕的香，从窗外飘进来，在薄薄的空气中浮动抬头，与花朵打个照面，心里的欢喜，一蓬一蓬地开了。

陌生的男孩女孩搭讪，是从这花开始的。

咦，花开了？那一天，终日在一张台子后坐着、负责登记各类报刊的男孩，突然站到女孩跟前来，顺着女孩的目光，看向窗外的荷花玉兰说。

是啊，花开了，女孩答。低头，眼光落在书上面，有些慌乱。

我看你每次来，都借阅诗歌一类的书，你很爱诗？男孩问。

女孩的心跳得缤纷，原来，他一直注意她的。女孩惊喜地说，你也爱诗？

男孩点点头，不好意思地说，我有时，也胡乱涂一些的。

男孩是阅览室的收发员，来自偏僻乡下，家穷，母亲多病，他早早辍学。因了一远房表亲在这所学校任职，他得以在此谋得一临时差事。

女孩不介意这些，她和他交流各自写的诗。薄薄的黄昏，暗香浮动。

也有过一两回漫步，两个人，在旁人诧异的目光中，沿着一排一排的荷花玉兰走。没话找话的时候，他或者她会说，看，花又开了好几朵。

于是，都仰头看花。男孩忽然说，真羡慕你们这些大学生啊。又忽然认真地看着女孩说，谢谢你，你没有看不起我。

女孩的心里，又甜蜜又悲伤，竟是说不出的。

也就要毕业了。女孩去找男孩道别，才得知，男孩早已辞去工作，走了。女孩看到男孩留下的诗：你有你的路要走，我有我的路要走。感谢相遇的刹那，你的温暖，陪我走过孤独。

经年之后，我每遇到荷花玉兰，就会想起这些来。男孩的样子早已模糊，却清晰地记得那一朵一朵的花，在我青春的枝头，黯然绽放。

我现在任教的校园里，也植有大棵的荷花玉兰。午后清淡的闲暇里，几个孩子嬉闹着过来了，他们额上淡黄的绒毛下，望得见青嫩的血管在搏动。他们从一排花树下过，并不抬头看花。我忍不住喊住他们：

看，那些花。

花？哪里有？他们看看我，茫然四顾，终于在头顶上发现了大朵的荷花玉兰。他们惊叫起来，这么大的花啊！

青春的回眸里，怎么能少了一朵花的香呢？我笑笑走开去，任他们在花树下，叽叽喳喳。

天上有云姓白

他不是我们的正式老师，不过是个高中毕业生。

那时我们初中快毕业了，教我们的英语老师突然生了病，没有老师能顶上这个缺，于是他来了，跛着一条腿。

据说他是校长的亲戚。不然凭他一个高中毕业生，怎么能来代我们的课？他来代课总有好处的，有不菲的代课费。这是消息灵通的同学说的。

他第一天来给我们上课，在我们的灼灼目光中，他一跛一跛的，费了好大的劲，才迈上讲台，有学生在底下终于憋不住，“噗”一声笑出来。这一笑，让他“腾”地红了脸，他窘迫得不敢直视我们，低着头，对着讲台上一摞作业本，半天才憋出一句话来：“同学们好，天上有云姓白，我的名字叫白云。”

自此后，有学生远远看见他，就“白云”“白云”地叫开了。等他答应一声，回转过身来，殷殷地问：“什么事啊？”那叫着的学生会“啊”一声，抬头指着天说：“我看天上的白云呢。”他并不恼，呵呵笑一声，也陪着那个同学仰头看天。

他的课备得极认真，书上密密麻麻全是红笔注的补充。只是那时我们不

懂事，并不知他的努力和辛劳，私下里是有些瞧不起他的，认为他不过是个代课的。所以课总不好好上，不时打岔，跟他耍贫嘴，甚至有同学在底下吹口哨。每每这时，他总是涨红了脸，站在讲台前，一动不动地看着我们，等我们闹够了，他可怜巴巴地问：“现在我们开始上课，好吗？”然后弯腰跟我们连连道歉：“对不起，对不起，都怪我课讲得不好，让你们没兴趣听。”教室里突然安静下来，窗外有风吹过。那一瞬，我们有些无地自容。再上课，都听话起来，乖巧起来。他很高兴，课上完了，他说：“我要奖励你们。”我们都以为他是说着玩的，再来上课，却见他提来一袋子糖——他自个儿掏钱买的，给我们一人发两块。

他喜欢扎在学生堆里聊天。有学生好奇地问：“你腿咋地啦？”他并不避讳，自自然然地说：“小儿麻痹症落下的。”又说起他很想读大学，但家里穷，弟妹多，上大学成了遥不可及的梦想。“所以呀，你们要珍惜呀，珍惜这样的好时光。”他变得像长者。

一个月后，我们的英语老师病好了来上班，他得走了。这时，班上发生了一件大事，一个成绩很好的女生，父亲突然暴病身亡，女生的家一下子塌了，女生提出退学。他知道后，很着急，跛着一条腿，走了十来里的乡间路，到女生家里去。女生的寡母领着五个孩子，齐齐跪倒在他跟前。他的心一下子揪紧了，他说：“我会帮你们的。”他掏出身上所有的钱，又许诺，女生以后上学的钱，他会帮衬着。“一定要让她读高中，读大学，她有这个潜力。”他再三恳求，直到女生的母亲答应为止。

我们毕业前夕，他到学校来看我们，来看那个女生。他瘦了，精神却出奇的好。他说：“你们要好好读书啊，我很想你们。”这一句话，惹哭了我们很多人。

在我高中快毕业的时候，却听说他染上白血病，不久便走了。当年他教的学生，因分散在四面八方，竟没有一人能见上一面。他资助过的那个女生，一说起他，就哭得不能自已。

很多年过去了，当年同学每遇见，必谈到他。末了大家会叹一声：“他是个好人哪。”天上每天都有白云飘过，不知有没有一朵云上有他。

眼泪的力量

多年未见的初中同学，意外相遇，笑望中，多少岁月，都飘成过往。昔日那蹦蹦跳跳的少年呢？淡黄的底片上，影像模糊。我却清楚地记得，有那样一位李姓老师，身上散发出慈祥的光芒。

教我们那年，他已经很老很老了，满头银丝，戴眼镜。镜片透明，可以清晰看见镜片后他那双眼睛，小小的，一条缝儿似的。或许不是小，而是他看人时，总是眯着双眼，说话语气温和，慈祥得很。那些年，偏远中学缺教师缺得厉害，已退休的他，便一年一年地留了下来。

他第一次进课堂，一群年少轻狂的孩子，就试出他是好欺负的。讲台前横七竖八地躺着笤帚、畚箕，都是我们这群孩子干的——打闹玩斗，这是少不了的工具。其他老师进来看到这场景，一定大光其火，而后我们中的某一个或某几个同学，便会灰溜溜地上去把“战场”收拾好，课后还得认真写一份检查，在全班朗读。严重的，还得找来那孩子的父母，一顿更严厉的惩罚是免不了的。

但是，他没有这样做，而是笑眯眯地看着我们，说声，你们这些调皮蛋啊。他自己动手收拾好一地的散乱，并顺便把前排学生掉在地上的作业本捡起来，给那孩子放好。转身看黑板，黑板上却全是我们的涂鸦，杂草丛生，荒野似的。我们以为他就要发火了，却没有，他宽容地笑笑，认真地评价哪幅画画得不错，然后拿了黑板擦仔细地擦，一边吩咐我们朗读课文。我们读得如同鸭叫，他却听得很陶醉，下了讲台，在教室里来回走，眯了眼，把我们一一亲切地看过。

再上他的课，我们胆大起来，公然拿了课外书，放桌上看。说话的，唱歌的，都有。课堂如同茶馆。他手足无措，站在讲台前，请求般地说，孩子们，可以安静一会儿吗？这话听得人心里柔软，纵使我们再年少轻狂，也因了这句话，怔一怔，教室里有片刻安静。

这个时候，我们听到他在解读课文，一个句子，被他颠三倒四地念了好几遍。他捧着书的样子也可笑，明明戴着眼镜啊，却偏把书捧至鼻翼处，看上去，不是在读书，而是在闻书。这样的课，自是没有生动处，刚刚安静的教室，又喧闹起来了。

我们的班主任却与他相反，是个血气方刚的年轻人，班上最调皮的男生都怕他。班主任每次遇到李姓老师，都会谦恭地叫声“李老好”，而后关照，班上有谁不听话，告诉他就行了。李姓老师每次都摇头，笑着说，孩子们听话着呢。这话被我们班学生听到，到班上学说，引起一阵哄笑。轮到他上课，我们更加有恃无恐了。

又一次上他的课，有两个学生，在课堂下斗嘴，斗着斗着，竟动起手来。教室里很快乱成一片。他走过去拉，脸都急红了。混乱中，谁听他的？他突然挤到两个动手的学生中间，眼泪从镜片后流下来。他说，你们要打，就打我吧。

所有的喧闹，一下子沉静下来，空气凝固了。那坠于他腮边的泪，一滴一滴，滴在我们年少的心上。从此，再没有学生在他的课上调皮捣蛋。那一滴一滴的晶莹，教会我们什么叫善良，什么叫仁爱。

遇见你的纯真岁月

他是第一个分配到我们乡下学校来的大学生。

他着格子衬衫，穿尖头皮鞋，操一口流利的普通话，这令我们着迷。更让我们着迷的是，他有一双小鹿似的眼睛，清澈、温暖。

两排平房，青砖红瓦，那是我们的教室。他跟着校长，绕着两排平房走，边走边跳着去够路旁柳树上的树枝。附近人家养的鸡，跑到校园来觅食了，他看到鸡，竟兴奋得张开双臂，扑过去，边扑，嘴里边惊喜地叫：“啊啊，大花鸡！”惹得我们笑弯了腰，有同学老气横秋地点头说：“我们老师，像个孩子。”

他真的做了我们的老师，教我们语文。第一天上课，他站讲台上半天没说话，拿他小鹿似的眼睛，看我们。我们也仰了头对着他看，彼此笑眯眯的。后来，他一脸深情地说：“你们长得真可爱，真的。我愿意做你们的朋友，共同来把语文学好，你们一定要当我是朋友哦。”他的这个开场白，一下子拉近了他与我们的距离，全班学生的热血，在那一刻沸腾起来。

他的课，上得丰富多彩。一个个汉字，在他嘴里，都成了妙不可言的音符。我们入迷地听他解读课文，争相回答他提的问题。不管我们如何作答，他一律微笑着说：“真聪明，老师咋没想到这么答呢？”有时我们回答得太离谱了，他也佯装要惩罚我们，结果是，罚我们唱歌给他听。于是教室里的欢笑声，一浪高过一浪。那时上语文课，在我们，是期盼，是幸福，是享受。

他还引导我们阅读。当时乡下学校，课外书极其匮乏，他就用自己的工资，给我们买回很多的书，诸如《红楼梦》《钢铁是怎样炼成的》《红与黑》之类的。他说："只有不停地阅读，人才能走到更广阔的天地去。"我至今还保留着良好的阅读习惯，应该是那个时候养成的。

春天的时候，他领我们去看桃花。他说："大自然是用来欣赏的，不欣赏，是一种极大的浪费，而浪费是可耻的。"我们哄一声笑开了，跟着他蹦蹦跳跳走进大自然。花树下，他和我们站在一起，笑得面若桃花。他说："永远这样，多好啊。"周围的农人，都看稀奇似的，停下来看我们。我们成了风景，这让我们倍感骄傲。

我们爱他的方式，很简单，却倾尽我们所能：掐一把野地里的花儿，插进他办公桌的玻璃瓶里；送上自家烙的饼、自家包的粽子，悄悄放在他的宿舍门口。他总是笑问："谁又做好事了？谁？"我们摇头，佯装不知，昂向他的，是一张张葵花般的笑脸。

我们念初二的时候，他生了一场病，回城养病，一走两个星期。真想他呀，班上的女生，守在校门口，频频西望——那是他回家的方向。被人发现了，却假装说，啊，我们在看太阳落山呢。

是啊，太阳又落山了，他还没有回来。心里的失望，一波又一波的。那些日子，我们的课，上得无精打采。他病好后回来，讲台上堆满了送他的礼物，野花自不必说，一束又一束的。还有我们舍不得吃的糖果和自制的贺卡。他也给我们带了礼物，一人一块巧克力。他说："城里的孩子，都兴吃这个。"说这话时，他的眼睛湿湿的。我们的眼睛，也跟着湿了。

他的母亲千方百计把他往城里调。他是独子，拗不过母亲。他说："你们要好好学习，将来，我们会有重逢的那一天的。"他走的时候，全班同学哭得很伤心。他也哭了。

多年后，遇见他，他早已不做老师了，眼神已不复清澈。提起当年的学生，却如数家珍般的，一个一个，都记得。清清楚楚的，一如我们清楚地记得他当年的模样。那是他和我们的纯真岁月，彼此用心相爱，所以，刻骨铭心。

一朵栀子花

从没留意过那个女孩子，是因为她太过平常了，甚至有些丑陋——皮肤黝黑，脸庞宽大，一双小眼睛老像睁不开似的。

成绩也平平，字写得东扭西歪，像被狂风吹过的小草。所有老师极少关注到她，她自己也寡言少语。以至于有一次，班里搞集体活动，老师数来数去，还差一个人。问同学们缺谁了，大家你瞪我，我瞪你，就是想不起来缺了她。其时，她正一个人伏在课桌上睡觉。

她的位子，也是安排在教室最后一桌，靠近角落。她守着那个位子，仿佛守住一小片天，孤独而萧索。

某一日，课堂上，我让学生们自习，而我，则在课桌间不断来回走动，以解答学生们的疑问。当我走到最后一排时，稍一低头，突然闻到一阵花香，浓稠的，蜜甜的。窗外风正轻拂，是初夏的一段和煦时光。教室门前，一排广玉兰，花都开好了，一朵一朵硕大的花，栖在枝上，白鸽似的。我以为，是那种花香，再低头闻闻，不对啊，分明是我身边的，一阵一阵，固执地绕鼻不息。

我的眼睛搜寻了去，发现一朵凝脂样的小白花，白蝶似的，落在她的头发里面。是栀子花呀，我最喜欢的一种花。忍不住向她低了头去，笑道："好香的花！"她当时正在纸上信笔涂鸦，一道试题，被她肢解得七零八落。闻听我的话，她显然一愣，抬了头怔怔看我，当看到我眼中一汪笑意，她的脸色，迅速潮红，不好意思地嘴一抿。那一刻，她笑得美极了。

余下的时间里，我发现她坐得端端正正，认真做着试题。中间居然还主动举手问我一个她不懂的问题，我稍一点拨，她便懂了。我在心里叹，原来，她也是个聪明的孩子啊。

隔天，我发现我的教科书里，不知什么时候多了一朵栀子花。花含苞，但香气却裹也裹不住地漫溢出来。我猜是她送的。往她座位看去，便承接住了她含笑的眼。我对她笑着一颔首，是感谢了。她脸一红，再笑，竟有着羞涩的妩媚。其他学生不知情，也跟着笑。而我不说，只对她眨眨眼，就像守着一段秘密，她知道，我知道。

在这样的秘密守候下，她发生了翻天覆地的变化，活泼多了，爱唱爱跳，同学们都喜欢上她。她的成绩也大幅度提高，让所有教她的老师，再不能忽视。老师们都惊讶地说："呀，看不出这孩子，挺有潜力的呢。"

几年后，她出人意料地考上一所名牌大学。在一次寄给我的明信片上，她写着这样一段话："老师，我有个愿望，想种一棵栀子树，让它开许多许多可爱的栀子花。然后，一朵一朵，送给喜欢它的人。那么这个世界，便会变得无比芳香。”

是的是的，有时，无须整座花园，只要一朵栀子花。一朵，就足以美丽其一生。

风过林梢呀风过林梢，在那棵树的心底里，留下痕印。我倚门张望呀张望着，郎的身影，何时再经过我门前。——嗓音清脆甜润，风吹小铃铛般的。露天舞台，一盏汽油灯悬着，照着她唇红齿白一张粉嫩的脸，她像开得满满的一枝芍药花。

风过林梢

老裁缝

老裁缝是上海人，下放到我们苏北乡下时，不过四十出头的年纪。我没亲眼见到老裁缝从上海来，我有记忆的时候，老裁缝已在村子里住很久了，久得像我每天爬过的木头桥。木头桥搭在一条小河上面，东西流向的小河，把一个村庄，分成了河北与河南。

老裁缝的家，住在河北，我得爬过小桥去。他的家门口总是扫得很干净，地上连一片草叶儿也没有。屋檐下放一口废弃的大缸，缸里面种着太阳花。一年四季，那些花仿佛都在开着，红红黄黄白白的，满满一大缸的颜色。这在上个世纪七十年代的乡下，很特别了。这种特别，在我们小孩看来，很神秘。

我们常聚在他的家门口跳格子（一种孩子玩的游戏），不时探头探脑往他屋内瞧。瞧见的景，永远是那样的：他系着蓝布围裙，脖子上挂根皮尺，坐在矮凳上，低着头在缝衣裳。身形很清瘦。他旁边的案板上，放着剪刀、粉饼、直尺、裁剪好的布料、零碎的布头。阳光照着檐下的大缸，一缸的颜

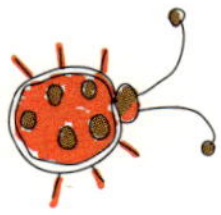

色，满得要溢出来。时光好像被老裁缝的针线缝住了似的，温柔地静止着。老裁缝偶尔从那静止里，抬了头看看我们，目光缥缈。我们“呀”一声惊叫，小鸡似的，快速地散开去。

听大人们说过他的故事，原本有妻有儿的，却突然犯了事，坐了两年牢。妻子带着儿子，再嫁人了。他从牢里出来后，家回不去了，被遣送到这苏北乡下来。

我们怕他，怕得没来由的。我们不敢踏进他的屋子一步。但也有例外，一是大人领我们去裁衣，二是大人吩咐我们送东西给他。

腊月脚下，村人们得了空闲，各家的大人，找了零碎的票子，给孩子们扯上几尺棉布，做过年的新衣裳。老裁缝的小屋里，终日挤满了人。大家热热闹闹地闲唠着，老裁缝静静听，并不插话。他不紧不慢地帮我们量尺寸，手指凉凉地滑过我们的脖颈，很异样的感觉。

夏秋季节，乡下瓜果蔬菜多。草垛上趴着大南瓜；矮树枝上，缠着一串一串紫扁豆；茅屋后，挂满丝瓜。大人们随手摘一只南瓜，扯一把扁豆，再摘几根丝瓜，放到篮子里，让我们给老裁缝送去。老裁缝接过东西，必往我们的空篮子里，放上几颗水果糖。一边伸手摸摸我们的头，嘱咐，回去替我谢谢你们家大人，他们太客气了。一口的上海腔，很耐听。

老裁缝后来收了个女徒弟，一个患小儿麻痹症的姑娘，外村人。这事很是让村人们喧哗了一阵子，因为老裁缝向来不收徒弟的，何况是个女徒弟，更何况她还拄着拐杖。但那姑娘很固执，天天守在老裁缝家门口。老裁缝破了规矩，答应了。

从此，我们看到的景，变了，老裁缝还系着蓝布围裙，脖子上挂根皮尺，但他的身边，多出一团亮丽，如檐下缸里的太阳花。那朵花，眉眼盈盈，唤他师傅。和他相挨着，穿针引线。他们偶尔低声说着什么，发出笑声来，他的笑声，她的笑声，一团的温馨。我们都有些惊讶：原来，老裁缝是会笑的。

上海来人找老裁缝，是秋末的事。来人很年轻，声音极像老裁缝。村人们望着他的背影，很有预见地说，这肯定是老裁缝的儿子，老裁缝怕是要回上海了。

老裁缝却没走，只是比往常更沉默了。他依旧坐在矮凳上缝衣裳，系着蓝布围裙，脖子上挂根皮尺。他的女徒弟，守在一边，也沉默地干着活儿。

时光宁静，却在那宁静里，让人望出忧愁来，总感觉着有什么事要发生。

到底出事了，问题出在他的女徒弟身上。姑娘回家，对父母说出一句石破天惊的话来：她爱老裁缝，她要嫁给老裁缝。结果，老裁缝的家，被愤怒的姑娘家人，砸了个稀巴烂。姑娘很快被嫁了出去，听说出嫁时，哭声震天。老裁缝在村里待不下去了，他于一个清晨离开了村子。

当一个冬天过去，天开始晴暖了，土地开始苏醒了，村人们开始忙春耕。老裁缝住过的地方，一对老夫妻搬了进去。屋檐下的大缸里，不再长太阳花，而是长了一缸的葱，在春风里，很有风情地绿着。

【真题链接】

1. 下列对原文的概括和分析，不正确的两项是：（　　　）（　　　）

A. 第①自然段中“久得像我每天爬过的木头桥”一句，交代了老裁缝在村里的生活时间之久，也写出了苏北农村的古朴。

B. 第③自然段运用肖像、动作等描写方法，对老裁缝缝衣裳的细节进行了生动的描绘，表现了老裁缝手艺的精湛。

C. 老裁缝破例收下患小儿麻痹症的姑娘为徒，女徒弟的到来给他的生活增添了欢乐，也引发了后面的生活变故。

D. 老裁缝的儿子赶到苏北乡下，想让父母破镜重圆。老裁缝没有如村民所料回上海，而且变得比以前更沉默了。

E. 文章略写老裁缝来苏北乡下之前与离开之后的生活，对他在苏北乡下的生活，大多从“我们”观察的角度来写。

2. 文章第⑨自然段画横线句说“我们都有些惊讶：原来，老裁缝是会笑的”，请谈谈你对这句话的理解。

3. 文章②⑬自然段画横线处两次写到“太阳花”，这样写各有什么作用？请结合文本谈谈你的看法。

佳句摘抄

★从此，我们看到的景，变了，老裁缝还系着蓝布围裙，脖子上挂根皮尺，但他的身边，多出一团亮丽，如檐下缸里的太阳花。那朵花，眉眼盈盈，唤他师傅。和他相挨着，穿针引线。

★当一个冬天过去，天开始晴暖了，土地开始苏醒了，村人们开始忙春耕。老裁缝住过的地方，一对老夫妻搬了进去。屋檐下的大缸里，不再长太阳花，而是长了一缸的葱，在春风里，很有风情地绿着。

【阅读有道】

于细微处见美妙

丁立梅老师被称“为最暖人心的作家”，她也因此深受读者喜欢。我们在阅读丁立梅老师散文时，既要真切感知到文中的“暖”，更要知道丁立梅老师是如何让文字有了暖意。

有时，抓住文章中一个细微的情节，似乎就能体悟出丁立梅老师的匠心。

《老裁缝》写了一个老裁缝的悲剧。他原本居于上海，有妻有儿，却因为犯事，坐了牢，结果妻离子散，被下放到苏北乡下。但是他有一手裁缝手艺，有一口很耐听的上海腔，更有与众不同的生活习惯——他的家门口总是打扫得很干净，地上连一片草叶儿也没有，这截然不同于乡下人的生活，那时的乡下人吃饱饭尚且是问题，哪顾得上门口是不是干净呢？更加与众不同的是，屋檐下放了一口缸，缸里面种着太阳花——这简直就是阳春白雪般的品位了。丁立梅老师多次在文章中说，乡下人对于花大多是熟视无睹的，觉得花就应该这样长在田野

里。她在本篇文章中四次写到了这口大缸。我们理解了这口大缸——也就抓住了文中在作家看来最为重要的细微之处，也就能更好地理解作家对于人物的情感态度了。

日子就这样风淡云轻地过，作者眼里看到的大缸里面“一年四季，那些花仿佛都在开着，红红黄黄白白的，满满一大缸的颜色”，年少的乡下女孩，对于色彩、花型是不会有什么鉴赏能力的，自然也不会有什么描绘能力——用如诗如画的语言去描绘，但感觉却是真实的——这在上个世纪七十年代，很特别了。作者此时，就是借助这口缸及缸中的太阳花，写出了老裁缝的神秘，写出了老裁缝的与众不同，以至于乡下小姑娘都没有来由地怕他。

作者第二次写这口缸及其中的太阳花，则是在描绘老裁缝劳动的时候——“系着蓝布围裙，脖子上挂根皮尺，坐在矮凳上，低着头在缝衣裳”，这个劳动的画面一定让当时这个乡下女孩感觉不同寻常，因为当时乡下的男人，大多粗犷，大多直率，甚至大多粗鲁，而这个老裁缝却是一个另类。这时，作者借这口大缸及其中的太阳花来烘托，“阳光照着檐下的大缸，一缸的颜色，满得要溢出来。时光好像被老裁缝的针线缝住了似的，温柔地静止着”。

第三次写则是老裁缝收了女徒弟之后，作者借这口缸中的太阳花，描写女徒弟的美好，“他的身边，多出一团亮丽，如檐下缸里的太阳花。那朵花，眉眼盈盈，唤他师傅”。因为女徒弟的到来，老裁缝平淡的生活漾起了涟漪，后来掀起了波浪。借助于缸中的太阳花，烘托了生活中这“涟漪”的美好。

最后一次写太阳花，则是老裁缝因为女徒弟而遭遇了无妄之灾，离开了这个伤心之地，作者这样写道：“屋檐下的大缸里，不再长太阳花，而是长了一缸的葱，在春风里，很有风情地绿着。”缸还是那口缸，但缸里已经不是太阳花——它所代表的，实质上是那种可以被称之为品位、被称之为优雅的生活，而不是生活味道极浓的葱。这一细微的变化，写出了作者对老裁缝的怀念——一个乡下小女孩对一个来自上海的老裁缝，甚至可以说，是一个质朴如泥土的乡下女孩对一个有几分神秘又颇有生活品位的上海人的怀念。

好的散文是创作的产物。创作，就是很具创意的写作。可以说，这口大缸就是本文的创意之一，理解了这口大缸，就能理解这篇散文是怎样“暖起来”的。

我们在阅读时，就是要细细咀嚼，慢慢揣摩，于细微处见美妙。

爱未央

陈四爹最近迷上藏钱，像乌鸦迷上发光的东西。

是儿媳妇肖英最先发现的。

肖英记得买菜时多下一些零钱，随手搁客厅茶几上。她转身去厨房，不过择了一把菜，洗了两只碗，转身，钱就不见了。

没有人来过，除了公公陈四爹在。

陈四爹却没事人似的，在自己的房间里，数着一堆红红绿绿的小球玩。

自从患上阿尔茨海默病后，他的智商一下子退回到幼儿期，爱耍小脾气，爱玩五颜六色的玩具。

肖英看看陈四爹，当时没说什么，但心里存了疑惑。她后来做了个试验，故意在客厅的茶几上放上十块钱。她躲到一边去，不一会儿，她看到她的公

公陈四爹，从房间里慢慢磨蹭着出来。当他瞥见茶几上的钱时，眼睛里立即大放光芒，左右迅速看看，一把抓起钱，揣到怀里去了。

肖英就有些不高兴了，她走了过去，问陈四爹，您拿钱了？

陈四爹紧紧捂住胸口，瞪着她，答，我没有。

可我明明看见您拿钱了。肖英生气地说着，就要来掰他的手，爸，家里不缺您吃的，不缺您穿的，您说您要钱做什么？

陈四爹不肯松手，孩子似的放声大哭起来，一边哭一边说，我没有拿钱，我没有拿钱。

儿子陈程回家，看到这一幕，劝肖英，你跟爸较什么真？他都八十多岁的人了，拿就拿了吧，反正他也花不出去。

肖英气鼓鼓地说，怨不得家里老丢钱，还不知他藏了多少钱呢。

自此后，肖英存了心眼，把钱看管得很紧。陈四爹找不到钱了，表现得很失落。他在家里来来回回地打转，到处翻找，家里的角角落落，都被他翻了个遍。偶尔在哪个抽屉里，捡到一枚两枚硬币，他欢喜不迭，赶紧往怀里藏。

家人对他哭笑不得，把他的行为归结为，是老年痴呆的一种。

他后来发展到，逢人便伸出手来，讨钱。给我钱——他眼睛直盯着来人，很执拗地说。

大家开他玩笑，四爹爹，您要钱买糖吃啊？

他偏着须发皆白的脑袋，想一想，摇摇头，认真地说，不，我要买金戒指。

您买金戒指给谁戴呀？

给新娘子，给新娘子。他口齿不清地说。

给新娘子？大家哄笑一通，都以为他老糊涂了。

陈四爹的突然失踪，让儿子陈程着实急出了一身冷汗。那天，起先是没有一点征兆的，早饭时，陈四爹还好好的，喝掉一碗粥，吃掉半块馒头。饭后，他回房，继续玩他的彩球。陈程去老年活动中心下棋，肖英去菜场买菜。

等肖英买菜回来，家里的大门洞开，公公陈四爹不见了。

街坊四邻都被发动起来寻找，折腾大半天，仍是无头无绪。后不知谁突然想起来，说，老爷子不会真的跑去买什么金戒指吧？

街上卖金戒指的就那么两家，一家百货商场，一家国货商厦。众人分头去找，果真，在国货商厦一楼的黄金柜台旁，找到陈四爹。柜台的营业员一见找去的人，长舒一口气，说，你们总算找来了，这个老爹爹难缠呢，他非要用这么点钱，买一枚这么大的金戒指不可。

众人看过去，柜台上，摊着一堆零碎，不过百十块。陈四爹指着那些钱，固执地说，我有钱，我要买金戒指。

陈程走过去，不好意思地跟女营业员打招呼，他指指自己的脑袋，悄声说，对不起啊，给您添麻烦了，我爸这里不行了。营业员恍然大悟“哦”一声，她同情地看看陈四爹，无声地笑了。

陈程转身，有些恼火地拖住陈四爹，爸，您别闹了，咱回家吧。

陈四爹茫然地望着陈程，望着望着，哭了，他嘟嘟哝哝地说，今天是菊香生日呢，我答应过她，要给她买金戒指的呢。

众人听着，心头一震。

菊香，陈程的母亲，陈四爹的老伴，故去已十年。

【真题链接】

1. 通读全文，填空：

__________ —— __________——花钱买戒指（每空两个字）

2. 按要求赏析下面句子：

（1）自从患上阿尔茨海默病后，他的智商一下子退回到幼儿期，爱耍小脾气，爱玩五颜六色的玩具。

（2）当他瞥见茶几上的钱时，眼睛里立即大放光芒，左右迅速看看，一把抓起钱，揣到怀里去了。

3. 试分析结尾交代“菊香，陈程的母亲，陈四爹的老伴，故去已十年”的妙处。

4. 以“爱未央”为题有怎样的好处？

佳句摘抄

★陈四爹找不到钱了，表现得很失落。他在家里来来回回地打转，到处翻找，家里的角角落落，都被他翻了个遍。偶尔在哪个抽屉里，捡到一枚两枚硬币，他欢喜不迭，赶紧往怀里藏。

★他偏着须发皆白的脑袋，想一想，摇摇头，认真地说，不，我要买金戒指。

★陈四爹茫然地望着陈程，望着望着，哭了，他嘟嘟哝哝地说，今天是菊香生日呢，我答应过她，要给她买金戒指的呢。

【阅读有道】

山重水复处，柳暗花明时

短篇小说，尤其是微型小说，特别讲究叙事的艺术，在不长的篇幅内制造“波澜”，使故事情节跌宕起伏，扣人心弦。作家尤其重视结尾的设计，或画龙点睛显旨，或含蓄隽永留白，或出人意料陡转。尤其是第三者，被称为欧·亨利式的结尾。

莫泊桑《项链》中，罗瓦赛尔太太玛蒂尔德为了一晚的风光，花了十年时间去偿还那条丢失的项链，但最终福雷斯蒂埃太太却告诉她：“我那串是假的呀。顶多也就值上五百法郎！”十年的光阴，十年的努力，都只为了那一串顶多值五百法郎的假项链，小说的结尾，震撼人心，发人深省，令人读罢不禁掩卷深思。

泰格特《窗》也是如此，那位远窗的病人费尽心机，甚至让病友在痛苦中逝去，终于如愿以偿得到了靠窗的病床，但他挣扎着看到的，并非原先病友口中的公园、鲜花、少年，而是一堵光秃秃的墙。这堵光秃秃的墙，深刻透视了人性的复杂与险恶，读罢感慨不已，震撼不已。

丁立梅散文虽然以情感的温暖见长，但并不影响她对叙事艺术的追求。阅读《爱未央》，就要理解其叙事散文的叙事艺术。

故事从陈四爹爱上藏钱写起，一个年过八旬的老人，患上阿尔茨海默病，同时也爱上藏钱。可爱者很多，为什么爱上藏钱？不能藏钱，就更进一步，向来往的客人讨钱。这里一藏一讨，极其不符合常理。阿尔茨海默病，应该是以记忆障碍、失语、失用、失认、视空间技能损害、执行功能障碍以及人格和行为改变等全面性痴呆表现为特征，既然如此，藏钱何用？讨钱何用？故事在匪夷所思中推进。

故事的高潮是陈四爹失踪，最终居然在商场金柜被找到，要用“一堆钱”买一个大大的戒指。一个年过八旬的男性，买一枚戒指干什么？作者最后才借助陈四爹的喃喃自语揭开事情的真相：今天是菊香生日呢，我答应过她，要给她买金戒指的呢。虽然已经患上了阿尔茨海默病，但是心里依然记着两件事：一是菊香的生日，二是自己的承诺。菊香是谁？作者最后解开谜底：菊香，陈程的母亲，陈四爹的老伴，故去已十年。原来老人忘不了的是自己妻子的生日，忘不了的是自己曾经对妻子的承诺，哪怕妻子已经去世十年，哪怕自己已然患上了阿尔茨海默病。真是“十年生死两茫茫，不思量，自难忘”。作者在文章末尾云淡风轻地交代了菊香的身份，区区十八字，却有了直击人心的力量。这样的结尾，看似寻常，却实在不寻常！

阅读丁立梅的叙事散文，就是既要感知其暖暖的情感，也要赏析其叙事的艺术。

经典，向来就是思想价值与艺术价值的统一。

【经典赏析】

如果蚕豆会说话

二十一岁，如花绽放的年纪，她被遣送到遥远的乡下去改造。不过一瞬间，她就从一个幸福的女孩子，变成了人所不齿的“资产阶级小姐”。那个年代有那个年代的荒唐，而这样的荒唐，几乎改变了她的一生。

父亲被批斗至死。母亲伤心之余，选择跳楼，结束了自己的生命。这个世上，再没有疼爱的手，可以抚过她遍布伤痕的天空。她蜗居在乡下一间漏雨的小屋里，出工，收工，如同木偶一般。最怕的是田间休息的时候，集体的大喇叭里播放着革命歌曲，“革命群众”围坐一堆，开始对她进行批判。

她低着头，站着。衣服不敢再穿整洁的，她和他们一样，穿带补丁的。发也不再留长的，她忍痛割爱，剪了。她甚至有意站毒日头下晒着，她要晒黑她白皙的皮肤。她努力把自己打造成贫下中农中的一员。一个女孩子的花季，不再明艳。

那一天，歇晌，脸上长着两颗肉痣的队长突然心血来潮，把大家召集起来，说革命出现了新动向。所谓的新动向不过是她的短发上，别了一只红色的发卡。那是母亲留给她的遗物。

队长粗暴地从她的发，强取下发卡。她第一次反抗，泪流满面地争夺。那一刻，她像一只孤单的雁。这个时候，突然，从人群中跳出一个影，脸涨得通红的，从队长手里抢过发夹，交到她手里。一边用臂护着她，一边对周围的人愤怒地“哇哇”叫着。

所有的喧闹，一下子静下来。大家面面相觑。一会儿之后，又都宽容地笑了，没有人与他计较，一个可怜的哑巴，从小被人遗弃在村口，是吃百家饭长大的，长到三十岁了，还是孑然一身。谁都把他当作可怜的人。

队长竟然也不跟他计较，挥挥手，让人群散了。他望望她，打着手势，意思是叫她安心，不要怕，以后有他保护她。她看不懂，但眼底的泪，却一滴一滴滚下来，砸在脚下的黄土里。

他见不得她哭。她怎么可以哭呢？在他心里，她是美丽的天使，从她进村的那一天，他的心，就丢了。他关注她的所有，夜晚，怕她被人欺负，他在她的屋后转到下半夜才走。她使不动笨重的农具，他另制作一些小巧的给她，悄悄放到她的屋门口。

他看着流泪不止的她，手足无措。忽然从口袋里，掏出一把炒蚕豆来，塞到她手里。这是他为她炒的，不过几小把，他一直揣口袋里，想送她。却望而止步，她是他心中的神，如何敢轻易接近？这会儿，他终于可以亲手把蚕豆交给她了，他满足地搓着手嘿嘿笑了。

她第一次抬眼打量他，长脸，小眼睛，脸上有岁月的风霜。

这是一个有些丑的男人，可她眼前，却看到一扇温暖的窗打开了。是久居阴霾里，突见阳光的那种暖。

从此，他像守护神似的跟着她，再没人找她的麻烦，因为他会为她去拼命。谁愿意得罪一个可怜的哑巴呢？她的世界，变得宁静起来。她甚至，可以写写日记，看看书。重的活，有他帮着做。漏雨的屋，亦有他帮着补。有了他，她不再惧怕夜的黑。

他对她的好，所有人都明白，她亦明白。却从不曾考虑过要嫁给他。这怎么可能呢？她虽身陷泥淖，心底的那一份高傲却从不曾丢。她相信，总有一天，她会重新飞走。

邻居阿婶想做好事，某一日，突然拉住收工回家的她，说，不如就做了他的媳妇吧，以后也有个知冷知热疼你的人。她愣住，转身看他，他拼命摇头，脸涨得通红。

这之后，他看见她，远远就避开走。她明白他的好意，是不想让她难做。这反倒让她改变了心意，邻居阿婶再撮合这桩亲事时，她点头答应了。是想着委屈的吧，在嫁他的前一天，她跑到没人的地方，大哭一场。

他们的婚姻，开始在无声里铺排开来，柴米油盐，一屋子的烟火熏着。他不让她干一点点重活，甚至她换下的内衣，都是他抢了洗，她在烟火的日子里，渐渐白胖。

这是幸福吧？有时她想。眼睛眺望着遥远的南方，那里是她成长的地方。

如果生活里没有变故，那么她现在，一定坐在钢琴旁，弹着乐曲唱着歌。或者，在某个公园里，悠闲地散着步。她摊开双手，望见修长的指上，结着一个一个的茧。不再有指望，那么，就这么过着吧。

他们一直没有孩子。但这不妨碍他对她的好，晴天为她挡太阳，阴天为她挡雨。村人们感叹，这个哑巴，真会疼人。她听到，心念一转，有泪，点点滴滴，洇湿心头。这辈子，别无他求了。

生活是波平浪静的一幅画，如果后来她的姨妈不出现，这幅画会永远悬在他们的日子里。她的姨妈，那个从小去了法国，而后留在了法国的女人，结过婚，离了，如今孤身一人。老来想有个依靠，于是想到她，辗转打听到，希望她能过去，承欢左右。

这个时候，她还不算老，四十岁不到呢。她还可以继续她年轻时的梦想，比如弹琴，或绘画。她在这两方面都有相当的天赋。

姨妈却不愿意接受他。照姨妈的看法，一个一贫如洗的哑巴，她跟了他十来年，也算对得起他了。他亦是不肯离开故土。

她只身去了法国。在法国，她常伴着咖啡度夕阳，生活优雅娴静。这些，是她梦里盼过多次的生活啊，是她骨子里想要的优雅，现在，都来了，却空落。那一片天空下，少了一个人的呼吸，终究有些荒凉。一个月，两个月……她好不容易挨过一季，她对姨妈说，她该走了。

再多的华丽，亦留不住她。

她回家的时候，他并不知晓。却早早等在村口。她一进村，就看到他瘦瘦的身影，没在黄昏里，仿佛涂了一层金粉。或许是感应吧，她想。

其实，哪里是感应？从她走后的那一天，每天的黄昏，他都到路口来等她。

没有热烈的拥抱，没有缠绵的牵手，他们只是互相看了看，眼睛里，有溪水流过。他接过她手里的大包小包，让她空着手跟在后面走。到家，他把她按到椅子上，望着她笑，忽然就去搬出一只铁罐来，那是她平常用来放些零碎小物件的。他在她面前陡地扳倒铁罐，哗啦啦，一地的蚕豆，蹦跳开来。

他一颗一颗数给她看，每数一颗，就抬头对她笑一下。他数了很久很久，一共是九十二颗蚕豆，她在心里默念着这个数字。九十二，正好是她离家的天数。

没有人懂。唯有她懂，那一颗一颗的蚕豆，是他想她的心。九十二颗蚕豆，九十二种想念。如果蚕豆会说话，它一定会对她说，我爱你。那是他用一生凝聚起来的语言。

九十二颗蚕豆，从此，成了她最最宝贝的珍藏。

我用我的明媚等着你

她是我在住院时认识的。因阑尾发炎，我住了一阵子院。她和她的丈夫，与我在一个病房。一次意外的交通事故，她的丈夫被撞成重伤。经过抢救，他虽已脱离危险，但人却沉睡不醒。医生说，他可能要变成植物人。

这样的灾难落到谁身上，谁都要呼天抢地一番，从此，愁云笼罩，天崩地塌，生活中再没有欢乐。我见到她时，委实吃了一惊：她太时髦、太漂亮了。初冬的天，她身着一袭薄呢裙，脸上化着淡妆，口红却抹得鲜艳，像朵开得正艳的花。她把长头发盘起来，刘海鬈鬈的，覆在额前，显然是经过精心打理。

她在病房内唱歌，唱得很开心。她讲很多的趣闻，说到开心处，大笑不已。大家看她的眼神有些怪怪的，背后没少议论，说这个女人没心没肺，丈夫这个样子了，她还有心思打扮说笑。他们还预言，过不了多久，她肯定会弃夫另嫁。她有这个条件，人长得好看，也还年轻，据说，还有一份不错的工作。大家对睡在病床上、毫无知觉的那个男人抱了极大同情，不停地感叹：夫妻本是同林鸟，大难临头各自飞。

倒是她，仿佛对眼前的不堪视而不见。每天，她总要抽出一些时间，溜出医院去。回来时，手里准会带回一些“宝贝”——淘来的衣服，有丈夫的，

有她的；或一些打折的首饰；或者，搬一盆花回来，一路灿烂着。花被安放在病房的窗台上，精神抖擞地开着，或红或黄，把一个病房映得水红粉黄。

午后时光，人犯困。她把淘来的“宝贝”披挂在身上，在我跟前走起T台步，脸却朝向她的丈夫，频频笑着问他，你看我漂亮吗？很漂亮的，是不？她的丈夫自然没有反应，她却乐此不疲地走着她的T台步，乐此不疲地问着这些话。

深夜，我一觉睡醒，发现她不在病房内。我推开阳台的门，看见她坐在阳台上，淡淡的月光，在她身上镀了一层银光。

她看上去像幽暗处的瓷器，闪着清冷的光。

她听到门响，转过脸来，我看到，一行“明月珠”坠在她的腮旁。她在哭。

我愣住了。她的苦痛，原来藏在深夜里，藏在无人处。她抱歉地对我说，吵醒你了？我说，没有。我只能这样安慰她：他会醒过来的，一定会的。

她伸手抹抹眼睛，笑了，说，我知道他会醒的。他喜欢我打扮得漂漂亮亮的，他喜欢我开开心心的，所以，我要打扮得好看些，用我的明媚等他醒过来。

我为之动容。再看月下的她，身上竟有了圣洁的光芒。

两星期后，我出院了。她送我到医院门口，把一款淘来的挂件塞到我手里，告诉我搭配什么颜色的衣服会好看。她像是对我说，又像是对她自己说：无论什么时候，都要漂亮啊，这样才会有好心情，好好活。

这以后，我们也偶有联系，我打电话去，或她打电话来。每次电话里，她都兴高采烈地向我描述，她穿什么衣服，戴什么首饰，又淘到什么好宝贝了。我的眼前，便晃着一个年轻女子，刘海鬈鬈的，口红抹得像朵盛开的花。她漂亮得让人仰视。

春暖花开时，我把她给我的挂件找出来戴上，配了她说的那种颜色的衣服，果真漂亮。

电话在这时突然响起，电话那端，她喜极而泣地告诉我，他醒了。

我笑了。这是我意想中的结果。我从来不曾怀疑过，她一定会用她的明媚唤醒他。因为生命真正的奇迹，在于不放弃，努力好好活。

老了说爱你

婆婆是公公用独轮车娶回家的。

我见过那架独轮车埋在一堆杂物中。公公几次要把它劈了当柴火烧，都被婆婆拦下了。婆婆如花的年华，刻在上头，哪一次回忆起来，不是唏嘘半天的？

是父母之命、媒妁之言，两个不曾见过面的青年男女，定下亲事。迎娶日那天，公公推着独轮车，来接婆婆。婆婆大哭着不肯上独轮车，她设想过婚礼的种种，却没想到，原来是这样的简陋与不堪。一路之上，独轮车吱吱呀呀，婆婆的一颗心，被碾得七零八落。

穷家里，家徒四壁。新媳妇第一顿饭就犯了愁，拿碗去米缸里舀米，米缸里空空如也。她只好提着篮子去地里挖野菜，才出门，眼里的一泡泪，落得缤纷。可嫁鸡随鸡、嫁狗随狗，这日子，总得过下去。 很快有了孩子，一个接一个。五个孩子，一字排开，五张小嘴，朝着婆婆要饭吃。上个世纪六十年代，地里面长出的杂草远比庄稼多。公公说，还是我出外找生路吧。哪里找？海里面找。家的东边，就是大海，海里面有鱼有虾。公公跟了帮渔民上船，东漂西泊，历尽风浪。就漂泊了大半辈子。

一个家，全靠婆婆支撑了。她推着独轮车，带上两个最小的孩子，去荒地里割草挣口粮。心里记挂着海上作业的公公，一听到海里面死了人，那心，就提到嗓子眼上。人疯了般地跑。跑哪里去呢？不知道。只知道东边是大海，就往海边跑。半路上，遇到公公回归，公公骂，你慌什么慌？婆婆腿一软，跪倒在地，哭叫一声，吓死我了。

寻常日子，聚少离多，心里面有牵挂，见了面，却没有过多的温情。都是不善言语表达的人，又都是急性子，这一个的心思，那一个不明白。那一个的心思，这一个糊涂着。所以见了面，两人常常三句话不投扣，就吵得鸡飞狗跳的。吵得最厉害的时候，闹过离婚。

不知不觉，儿女们都大了。不知不觉，当年坐着独轮车出嫁的婆婆，已银丝满头。五十多年的婚姻，半辈子的聚散离合，到这时，归于宁静。老了的两个人，谁也离不开谁了，一个才出门不久，另一个就满屋子找，常看到这样的景象：两个鬓发皆白的老人，一前一后走在大街上，一般是公公走在前面，婆婆在后面跟着。阳光静静洒落在他们中间，小鱼般地跳跃着。

两个人亦有着说不完的话，躺着说，坐着说，走着说，甚至在饭桌上，也还在说。说的无非是街头巷尾一些芝麻蒜皮的小事儿，昨天说过的，今天他们还拿出来说，百说不厌。一次，说话之间，公公夹了一筷子菜放到婆婆碗里，是婆婆爱吃的炒鸡蛋。婆婆先是一愣，脸继而红了，她不好意思地左右看看我们，佯嗔道，谁要你搛啊？但筷子却早已将那菜夹起，送到嘴里。嘴边的皱纹，跟着水波样地漾开来。

傍晚没事的时候，他们一前一后倚到阳台上看天，一看大半天。天有什么可看的呢？这让我奇怪。我撞了去，听到婆婆轻声在说，起风了。公公轻声应道，是啊，起风了。婆婆接着说，你听，那风吹的。

我好笑地循了婆婆所说的方向去看，并没有看到起风的迹象。但公公却接了婆婆的话说，是啊，那风吹的。两个人脸上，都挂着一团的笑。

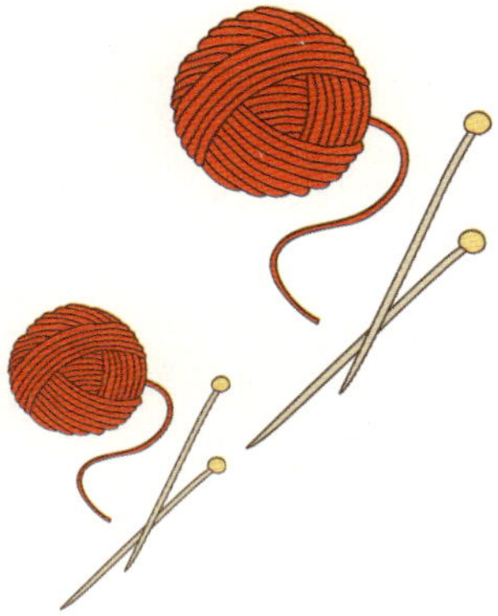

棉花的花

纸糊的窗子上，泊着微茫的晨曦，早起的祖母，站在我们床头叫："起床啦，起床啦，趁着露凉去捉虫子。"

这是记忆里的七月天。

七月的夜露重，棉花的花，沾露即开。那时棉田多，很有些一望无际的。花便开得一望无际了。花红，花白，一朵朵，娇艳柔嫩，饱蘸露水，一往情深的样子。我是喜欢那些花的，常停在棉田边，痴看。但旁的人，却是视而不见的。他们在棉田里，埋头捉虫子。虫子是歇在棉花的花里面的棉铃虫，有着带斑纹的翅膀，食棉花的花、茎、叶，害处大呢。这种虫子夜伏昼出，清晨的时候，它们多半还在酣睡中，敛了翅，伏在花中间，一动不动，一逮一个准。有点任人宰割。

我也去捉虫子。那时不过五六岁，人还没有一株棉花高，却好动。小姑姑和姐姐去捉虫子，很神气地捧着一只玻璃瓶。我也要，于是也捧着一只玻璃瓶。

可是，我常忘了捉虫子，我喜欢待在棉田边，看那些盛开的花。空气中，满是露珠的味道，甜蜜清凉。花也有些甜蜜清凉的。后来太阳出来，棉花的花，一朵一朵合上，一夜的惊心动魄华丽盛放，再不留痕迹。满田望去，只剩棉花叶子的绿，绿得密不透风。

捉虫子的人，陆续从棉田里走出来。人都被露水打湿，清新着，是水灵灵的人儿了。走在最后的，是一男一女，年轻的。男人叫红兵，女人叫小玲。

每天清早起来去捉虫子，我们以为很早了，却远远看见他们已在棉田中央，两人紧挨着。红兵白衬衫，小玲红衬衫，一白一红。是棉田里花开的颜色，鲜鲜活活跳跃着，很好看。

后来村子里风言，说红兵和小玲好上了。说的人脸上现出神秘的样子，说曾看到他们一起钻草堆。母亲就叹，小玲这丫头不要命了，怎么可以跟红兵好呢？

家寒的人家，却传说曾是富甲一方的大地主，有地千顷，佣人无数。在那个年代，自然要被批被斗。红兵的父亲不堪批斗之苦，上吊自杀。只剩母亲，整日低眉顺眼地做人。小玲的家境却要好得多，是响当当的贫下中农不说，还有个哥哥，在外做官。

小玲的家人，得知他们好上了，很震怒。把小玲吊起来打，饿饭，关黑房子……这都是我听来的。那时村子里的人，见面就是谈这事，小着声，生怕惊动了什么似的。这让这件事本身，带了诡异的色彩。

再见到红兵和小玲，是在棉花地里。那时，七月还没到头呢，棉花的花，还是夜里开，白天合。晨曦初放的时候，我们还是早早地去捉棉铃虫。我还是喜欢看那些棉花的花，花红，花白，朵朵娇艳。那日，我正站在地中央，呆呆对着一株棉花看，就看到棉花旁的条沟上，坐着红兵和小玲，浓密的棉叶遮住他们，他们是两个隐蔽的人儿。他们肩偎着肩，整个世界很静。小玲突然看我，很努力地冲我笑了笑。

刹那间，有种悲凉，袭上我小小的身子。我赶紧跑了。红的花，白的花，满天地无边无际地开着。

不久之后，棉花不再开花了，棉花结桃了。九月里，棉桃绽开，整个世界，成了柔软的雪白的海洋。小玲出嫁了。

这是很匆匆的事情。男人是邻村的，老实，木讷，长相不好看。第一天来相亲，第二天就定下日子，一星期后就办了婚事。没有吹吹打打，一切都是悄没声息的。

据说小玲出嫁前哭闹得很厉害，还用玻璃瓶砸破自己的头。这也只是据说。她嫁出去之后，很少看见她了。大家起初还议论着，说她命不好。渐渐地，淡了。很快，雪白的棉花，被拾上田岸。很快，地里的草也枯了，天空渐渐显出灰白，高不可攀的样子。冬天来了。

那是一九七七年的冬天，好像特别特别冷，冰溜在屋檐下挂有几尺长，太阳出来了也不融化。这个时候，小玲突然回村了。臂弯处，抱着一个用红毛毯裹着的婴儿，是个女孩。女孩的脸型长得像红兵。特别那小嘴，简直一个模子刻出来的，村人们背地里都这样说。

红兵自小玲回村来，就一直窝在自家的屋子里，把一些有用没用的农具找出来，修理。一屋的乒乒乓乓。

这以后，几成规律，只要小玲一回村，红兵的屋子里，准会传出乒乒乓乓的声音，经久持续。他们几乎从未碰过面。

却还是有意外。那时地里的棉花又开花了，夜里开，白天合。小玲不知怎的一人回了村，在村口拐角处，碰到红兵。他们面对面站着，站了很久，一句话也没说。后来一个往东，一个往西，各走各的了。村人们眼睁睁瞧见，他们就这样分开了，一句话也没有地分开了。

红兵后来一直未娶。前些日子我回老家，跟母亲聊天时，聊到红兵。我说他也老了吧？母亲说，可不是，背都驼了。我的眼前晃过那一望无际的棉花的花，露水很重的清晨，花红，花白，娇嫩得仿佛一个眼神也能融化了它们。母亲说，他还是一个人过哪，不过，小玲的大丫头认他做爹了，常过来看他，还给他织了一件红毛衣。

咫尺天涯，木偶不说话

“她”叫红衣。

“他”叫蓝衣。

他们从“出生”起，就同进同出，同卧同眠。简陋的舞台上，“她”披大红斗篷，葱白水袖里，一双小手轻轻弹拨着琴弦。阁楼上锁愁思，千娇百媚的小姐呀，想化作一只鸟飞。“他”呢，一袭蓝衫，手里一把折扇，轻摇慢捻，玉树临风，是赴京赶考的书生。湖畔相遇，花园私会，缘定终身。秋水长天，不得不离别。“她”盼“他”归，等瘦了月亮。“他”金榜题名，锦衣华服回来娶“她”，有情人终成眷属。观众们长舒一口气。剧终。“她”与“他”，携手来谢幕，鞠一个躬，再鞠一个躬。舞台下掌声与笑声，同时响起来，哗啦啦，哗啦啦。

那时，“她”与“他”，每天都要演出两三场，在县剧场。木椅子坐上咯咯吱吱，头顶上的灯光昏黄黯淡。绛红的金丝绒的幕布徐徐拉开，舞台上亮堂堂的。戏就要开场了。小小县城，娱乐活动也就这么一点儿，大家都爱看木偶戏。工厂包场，学校包场，单位包场。乡下人进城来，也都来赶趟热闹。剧场门口卖廉价的橘子水，还有爆米花。有时也有红红绿绿的气球卖。进场的孩子，一人手里拿一只，高兴得不得了。

幕后，是她与他。一个剧团待着，他们配合默契，天衣无缝。她负责红衣，她是“她”的血液。他负责蓝衣，他是“他”的灵魂。全凭着他们一双灵巧的手，牵拉弹转，演绎人间万般情爱，千转万回。一场演出下来，他们的手臂酸得发麻，心却欢喜得开着花。木盒子里，她先放进红衣，他把蓝衣跟着放进去，让“他们”并排躺着。他在“他们”脸上轻抚一下，再轻抚一下。她在一边看着笑，他抬头，回她一个笑，默契得无须多说一句话。

彼时，年华正好。她人长得靓丽，歌唱得不俗，在剧团被称作金嗓子。他亦才华横溢，胡琴拉得出色，木偶戏的背景音乐，都是他创作的。让人遗憾的是，他生来是哑巴。他丰富的语言，都给了胡琴，给了他的手。他的手，白皙修长，注定是拉胡琴和演木偶戏的。她的目光，常停留在他那双手上，在心里面暗暗叹，好美的一双手啊。

待一起久了，不知不觉情愫暗生。他每天提前上班，给她泡好菊花茶，等着她。小朵的白菊花，浮在水面上，淡雅柔媚，是她喜欢的。她端起喝，水温刚刚好。她常不吃早饭就来上班，他给她准备好包子，有时会换成烧饼。他早早去排队，买了，里面用一张牛皮纸包了，牛皮纸外面，再包上毛巾。她吃到时，烧饼都是热乎乎的，刚出炉的样子。

她给他做布鞋。从未动过针线的人，硬是在短短的一周内，给他纳出一双千层底的布鞋来。布鞋做成了，她的手指，也变得伤痕密布——都是针戳的。

这样的爱，却不被俗世所容，流言蜚语能淹死人，都说好好一个女孩子，怎么爱上一个哑巴呢，两人之间的关系肯定不正常。她的家里，反对得尤为激烈。母亲甚至以死来要挟她。最终，她妥协了，被迫匆匆嫁给一个烧锅炉的工人。

日子却不幸福。锅炉工人高马大，脾气暴躁。贪酒杯，酒喝多了就打她。她不反抗，默默忍受着。上班前，她对着面铜镜理一理散了的发，把脸上青肿的地方，拿胶布贴了。出门有人问及，她淡淡一笑，说，不小心磕破皮了。贴的次数多了，大家都隐约知道内情，再看她，眼神里充满同情。她笑笑，装作不知。台上红衣对着蓝衣唱：相公啊，我等你，山无陵，江水为竭，冬雷震震，夏雨雪，天地合，乃敢与君绝。她的眼眶里，慢慢溢满泪，牵拉的手，上上下下，左左右右。心，在那一条条细线上，滑翔、跌宕，疼得慌。

他见不得她脸上贴着胶布。每看到，浑身的肌肉会痉挛。他烦躁不安地在后台转啊转，指指自己的脸，再指指她的脸，意思是问，疼吗？她笑着摇摇头。等到舞台布置好了，回头却不见了他的踪影。去寻，却发现他在剧场后的小院子里，正对着院中的一棵树擂拳头，边擂边哭。她站在两米外，心里的琴弦，被弹拨得咚咚咚。耳畔响起红衣的那句台词：冬雷震震，夏雨雪，天地合，乃敢与君绝。

白日光照着两个人。风不吹，云不走，天地绵亘。

不是没有女孩喜欢他。有个圆脸女孩，一笑，嘴两边现出两个浅浅的酒窝。那女孩常来看戏，看完不走，跑后台来看他们收拾道具。她很中意那个女孩，认为很配他。有意撮合，女孩早就愿意，说喜欢听他拉胡琴。他却不愿意。她急，问，这么好的女孩你不要，你要什么样的？他看着她，定定地。她脸红了，低头，佯装不懂，嘴里说，我再不管你的事了。

以为白日光永远照着，只要幕布拉开，红衣与蓝衣，就永远在台上，演绎着他们的爱情。然而某天，剧场却冷清了，无人再来看木偶戏。出门，城中高楼，一日多于一日。灯红酒绿的繁华，早已把曾经的“才子”与“佳人”淹没了。剧场经营不下去了，先是把朝街的门面租出去，卖杂货卖时装。他们进剧场，要从后门走。偶尔有一两所小学校，来包木偶戏给孩子们看。孩子们看得索然无趣，他们更愿意看动画片。

剧场就这样，冷清了。后来，剧场转承包给他人。剧团也维持不下去了，解散了。解散那天，他执意要演最后一场木偶戏。那是唯一一场没有观众的演出，他与她，却演得非常投入，牵拉弹转，分毫不差。台上红衣唱：冬雷震震，夏雨雪，天地合，乃敢与君绝。她和他的泪，终于滚滚而下。此一别，便是天涯。

她回了家。彼时，她的男人也失了业，整日窝在十来平方米的老式平房里，喝酒浇愁。不得已，她走上街头，在街上摆起小摊，做蒸饺卖。曾经的金嗓子，再也不唱歌了，只高声叫卖，蒸饺蒸饺，五毛钱一个！

他背着他的胡琴，带着红衣蓝衣，做了流浪艺人。偶尔他回来，在街对面望她。阳光打在她的蒸饺摊子上，她在风中凌乱了发。他怅怅望着，中间隔着一条街道。咫尺天涯。

改天，他把挣来的钱，全部交给熟人，托他们每天去买她的蒸饺。他舍不得她整天站在街头，风吹日晒的。就有一些日子，她的生意，特别的顺，总能早早收摊回家。——他能帮她的，也只有这么多。

入冬了。这一年的冬天，雪一场接一场地下，冷。她抗不住冷，晚上，在室内生了炭炉子取暖。男人照例地喝闷酒，喝完躺倒就睡。她拥在被窝里织毛线，是外贸加工的。冬天，她靠这个来养家糊口。不一会儿，她也昏昏沉沉睡去了。

早起的邻居来敲门，她在床上昏迷已多时。送医院，男人没抢救过来，死了。她比男人好一些，心跳一直在。经过两天两夜的抢救，她活过来了。人却痴呆了，形同植物人。

起初，还有些亲朋来看看她，在她床前，叫着她的名字。她呆呆地看着某处，脸上无有表情，不悲不喜——她不认识任何人了。大家看着她，唏嘘一回，各自散去，照旧过各自的日子。

没有人肯接纳她，都当她是累赘。她只好回到八十多岁的老母亲那里。老母亲哪里能照顾得了她？整日里，对着她垂泪。

他突然来了，风尘仆仆。五十多岁的人了，脸上身上，早已爬满岁月的沧桑。他对她的老母亲“说”，把她交给我吧，我会照顾好她的。

她的哥哥得知，求之不得，让他快快把她带走。他走上前，帮她梳理好蓬乱的头发，给她换上他给她买的新衣裳，温柔地对她“说”，我们回家吧。三十年的等待，他终于可以在光天化日之下，牵起她的手。

他再也没有离开过她。他给她拉胡琴，都是她曾经喜欢听的曲子。小木桌上，他给她演木偶戏。他的手，已不复当年灵活，但牵拉弹转中，还是当年好时光。

悠扬的胡琴声响起，厚厚的丝绒幕布缓缓掀开，红衣披着大红斗篷，蓝衣一袭蓝衫，湖畔相遇，花园私会，眉眼盈盈。锦瑟年华，一段情缘，唱尽前世今生。

风过林梢

赫奶奶走了。

这消息让我发了好一阵子的呆。我离开赫奶奶所在的那个小镇，十多年了吧。十年的时光，足以让一个人老去。

我认识赫奶奶的时候，她不过五六十岁。又黑又细的眉毛，弯弯的，像用墨线弹过。配了一对黑珍珠似的眼，望向人的时候，水波潋滟着，孩子般的清澈。她个头中等，身材是恰到好处的丰满。走起路来，像踩着一段舒缓有致的曲子，不疾不徐，有着极美的韵致。想她年轻的时候，一定是个美人。

果真是。

年轻时，她是地方文工团里最红的角儿，舞台上的光芒，盖过天上最亮的星。十八九岁，她用着粉红的绸帕子唱：

风过林梢呀风过林梢，在那棵树的心底里，留下痕印。我倚门张望呀张望着，郎的身影，何时再经过我门前。

——嗓音清脆甜润，风吹小铃铛般的。露天舞台，一盏汽油灯悬着，照着她唇红齿白一张粉嫩的脸，她像开得满满的一枝芍药花。

台下人山人海，脚踩着脚，有时还争吵着要动手，都为要挤到台前去看她。

赫奶奶兴致好的时候，会跟人说一点儿当年事，断断续续的。她嘴角含笑，慢条斯理轻声讲着，讲着讲着，突然顿住，说，不提了，不提了，这些陈年烂谷子，提起要让人笑话的。彼时，赫奶奶在一家单位食堂烧饭。我刚出大学校门不久，分配到那个小镇工作，孤身一人，一日三餐，都在那家单位代伙。见面的次数多了，也就熟稔了。她总是很尊敬地称我丁老师。我脸嫩着，实在不好意思让一个年长者这么叫我，就悄悄跟她商量，赫奶奶，还是叫我名字吧，可好？她却看着我，极认真地说，那哪能呢，不能坏了规矩，你是老师，就是老师。

也认识了她的老伴。大家有时叫他赫爹，多数时候却直呼他，赫老头。

第一次见到赫爹，我很替赫奶奶惋惜，她怎么嫁了这么一个男人！

赫爹长得丑，真丑。瘦弱，矮小，局促狭窄的脸上，布满麻子。偏偏眼睛又小，让你实在分不清，他看你的时候，是睁着眼睛呢，还是闭着眼睛呢。

赫奶奶洞悉我的心思，她瞟一眼在忙碌的赫爹，很平静地解释道，别看我家老头子长得丑，人可好着呢，是这个世上少有的好人。

每天清晨，赫爹必早早来到单位，替赫奶奶生好烧饭的炉子，烧好单位一天要用的开水，熬好粥。并把单位门前的场地打扫得干干净净。人若问，你家赫奶奶呢？他必宠溺地笑，说，她要睡觉的，我让她多睡一会儿。

赫爹的“早市”忙活妥当了，赫奶奶才梳洗一新地姗姗而来。碗筷摆上桌，食堂里，也就陆陆续续坐着吃早饭的人了。赫奶奶也坐在其中，细嚼慢咽地吃早饭。赫爹却仍在忙着，为中午的饭菜做准备，一边等着我们吃好了，他好刷锅洗碗。人家若叫，赫老头，你也过来一起吃早饭啊。他会受宠若惊地笑，连连摆手，不了，不了，你们吃吧，我一会儿回家去吃。

回家吃什么呢？是茶泡饭就咸菜。他一天三顿，从不讲究。但对赫奶奶，却像供着一尊佛似的，零食给预备着，饼干、糖果、瓜子，和应季的水果，从不间断。单位给赫奶奶配了一间休息室，我有时过去玩，赫奶奶会搬出一桌的零食来，招待我。全是我家老头子买的，她说。他们的家住在小镇附近，有农田好几亩，都是赫爹种着。赫爹专辟了地，种赫奶奶喜欢吃的瓜果菜蔬。遇到时新的菜蔬，也给单位食堂免费送一些，蚕豆上市了送蚕豆，番茄上市了送番茄。大家吃着鲜活的菜蔬，不免对赫爹说些感谢的话。赫爹就变得异常慌乱，连连摆手，不谢，不谢，自己种的，不值钱的。赫奶奶不无得意地对人说，我家老头子种田可是一把好手，长的蔬菜啊庄稼啊，都比邻居家的要好。

姚爹突然出现了。姚爹长相斯文，衣着整洁，皮肤白皙，身板儿笔直笔直的。乍一见，像浸润在中草药中多年的老中医，仙风仙骨的。

起初我以为他是赫奶奶的亲戚，像赫奶奶那样标致的人，有这样的亲戚，也是不足为怪的。但后来，三天两头会见着他。他来，大家都很客气地叫他姚爹，很熟悉的样子。他蹲在屋檐下，帮赫奶奶择菜，一边跟赫奶奶说着话，轻声慢语的。若是碰上赫爹来，彼此都会很热络地打招呼，一团和气。

也就听人隐约提起，说他是赫奶奶年轻时的相好。

曾同在一个文工团待着，赫奶奶是台柱子，他是管乐器的，拉得一手好二胡。还兼着写剧本、作曲和排戏，是有名的才子。他写一折《风过林梢》的戏，是歌唱婚姻自由的。那时刚解放，宣扬男女平等，恋爱自己做主。这出戏，很合时宜。赫奶奶是主演，很快引起轰动，一天一场地演，有时还要加演。

两个年轻人日日见着，生了情合了意。也未曾有过承诺，未曾有过誓言，但就是很愿意在一起。有时，他们头挨头地，研究台词唱腔。有时，也没什么事，只偶尔说上一两句无关紧要的话，彼此看着，笑笑，也是好的。看见他们的人，都觉得他们很般配，私下里想着，这两个人要是能够结婚，真像云朵配上云朵、花儿配上花儿呢！

赫奶奶的父母，却突然来到文工团，强行把赫奶奶带回家。他们早已把她暗许了姓赫的一户人家，是早年受过赫家恩惠的。一贫如洗的岁月里，他们夫妇领着幼儿逃荒，差点饿死在荒郊野外，是赫家的一升荞麦，救了他们全家性命。赫家当时有子女六个，最小的赫爹，三四岁了，丑丑的一个小孩，拖着两行鼻涕望着他们。赫奶奶的母亲刚好有孕在身，就指着腹中胎儿，对赫家说，他日，若生了姑娘，就给你们家这个老幺做媳妇儿。

赫奶奶从小也是耳闻过的，只不当真。但她的父母却认了真，耳里听到一些风言风语，着了急，就商量着让赫家来带人。赫奶奶哭过、闹过、绝食过，但她母亲的性子比她更强，一把菜刀架在自己的脖子上，对赫奶奶说，姑娘，你这条命，也是赫家给的，你要是让我们做背信弃义的事，我就立刻死在你跟前。

赫奶奶哭哭啼啼地嫁了。赫爹像捡到珍宝似的，小心轻放着。日子久了，赫奶奶委屈的心，渐渐平复。

姚爹在赫奶奶嫁人后，颓废了好长一段时间，他二胡不拉了，剧本不写了，曲子不编了。一年后，他也离开了文工团，到一所偏远的乡村小学，做了名音乐老师。

他与赫奶奶再次相逢，是他被批斗得最为惨烈的时候。因有个舅舅在海外，他成了走资派。又因他是个搞音乐的，说他宣扬靡靡之音，罪名更大。他天天挨批，头发被剃光了，肋骨被打断了，躺在黑屋子里，一心求死。赫奶奶来了，带着她做的糯米点心，那是他爱吃的。见了她，他仿佛在寒冬里，望见了春天的一抹柳枝绿。

他没有再寻死，咬着牙撑一撑，那段岁月，也就过去了。春和景明时，他搬到了赫奶奶所在的这个镇子，与赫奶奶一家，往来频繁。赫奶奶的孩子，都尊称他，姚叔。

却一直未曾婚娶。赫奶奶热心地帮他穿针引线过，他也对一个离异的女同事有过好感，两人相处过一段日子，后来却不了了之。从此，他再不提婚姻之事。他种花养草，写写曲子，拉拉二胡。闲时就跑过来看看赫奶奶，青天白日，光明磊落。小镇人起初对他们还有闲言，但他们的坦然，倒容不得别人再说什么了。大家暗地里都说赫奶奶有福气，两个男人都对她这么死心塌地。

我离开小镇的那年冬天，赫爹突发脑出血而亡。大家都心照不宣地想，姚爹终于守得云开月明时，这下子，赫奶奶肯定要和他在一起了。赫奶奶的儿孙们，也都有这个意思，极力撮合他们。赫奶奶却摇头，坚决地说不，她说她不能对不起老头子，他做了一辈子老实人，对她好了一辈子。赫爹走后，赫奶奶辞去了食堂烧饭的差事，一下子老了许多，老是丢东忘西，记不住事情。姚爹天天去陪她。买了零食带过去，饼干、糖果、瓜子，和应季的水果。赫奶奶吃着零食，吃着吃着，会错把姚爹喊成赫爹。

赫奶奶的葬礼上，姚爹拉了当年的曲子《风过林梢》。

这是赫奶奶临终时要求的。姚爹拉着拉着，一滴泪，很亮的，滑落在二胡的弦上。

手腕上的疤

年轻时，总会做些傻事，认着死理，爱着不值得爱的人，却一往无前，直到撞到南墙，撞得头破血流。时间一天一天的，冲淡掉那摊殷红，但伤痕却留下了，做了年轻的见证。譬如，她腕上的那块疤。

其实，早已记不清那人的模样了，交往的点滴，也已成模糊。可是，每次触及腕上的疤痕，如一条蜈蚣一样卧着，她的心，总要疼疼地跳一下。自卑着，压抑着。

不咸不淡地又恋爱几回。男人们的目光，在她的腕上停留。如锐器，带着尖尖的锋利的角，直直刺到她的心里去。青天白日，藏无可藏。最后的最后，她只能落荒而逃。

遇见他时，她已年过三十。然而不俗的外表，优越的工作，让人还是望得见的靓丽。介绍人试探地对她说：他的长相一般，有点龅牙；老家在山沟沟里，有点穷；工作也不是太稳定，是跑销售的。她没有犹豫地点头，见见面再说吧。

第一次见，他有些拘束，话不多。倒是她，见惯了这种场面，谈笑自如。一起喝茶时，她故意在他面前，晃着那只受过伤的手腕。他的眼光，只轻浅地掠过，却忙忙地接过她手上的茶壶，笑着说，我来吧。他离了座，在她身边弯下腰去，给她的茶碗续上茶。

这细小的动作，让她的心软软地动了动，她和他便相处了下来。随后的日子，他的体贴温存，渐渐密布了她的天空。

可是，心里是有个结的，让她不得真正开心颜。他怎么可以忽略她腕上的那块疤呢？她到底忍不住了，她说，我给你讲个故事吧。他说，好啊。她于是说起年轻时的事，一个女孩，爱上一个男人，死心塌地地爱。

后来，男人不要她了，她割了腕。

你看，就是割在这里，她举起有伤疤的那只手腕，指着那块伤疤说，静观着他的表情。她以为他会惊讶，或者愤怒。可是，他只是笑笑，轻描淡写地说，就这事啊？我也做过傻事的。他掀开他的衣服，她看到他的胸口，疤痕累累。他说，这是我被一个女人甩了后，用烟头烫的。

她讶异得不得了，心中的冰块，刹那间消融。她把头轻轻埋到他的胸口，听着他胸膛里的那颗心，有力地咚咚跳动着，她幸福地笑了。她想，这个男人，也是受过伤的，她一定要好好疼他。

从此，一路花开一路欢愉。她不再留意她腕上的疤，是在心里彻底把它丢掉了。偶尔瞥见手腕处，也只是淡淡一笑。天蓝云白啊，日子里有太多的欢乐要去感受。

是在那一天，无意中，他母亲跟她聊起他小时候的事，说他小时调皮得很，爬上桌子碰翻热水瓶，一瓶热水当胸浇过。

她呆住了。这时候，他们的儿子都过周了，在地板上摇摇摆摆学走路。窗台上一盆仙客来，花开饱满，岁月静好。

真爱一个人都会这样吧，有时，不惜用我的谎言，成就你的完美。

红木梳妆台

她与他相识，不知是哪一年哪一月的事了。仿佛生来就熟识，生来就是骨子里亲近的那一人。她坐屋前做女红，他挑着泔水桶，走过院子里的两棵皂角树。应是五月了，皂角树上开满乳黄的小花儿，天地间，溢满淡淡的清香，有种明媚的好。

她抬眉。他含笑，叫一声，小姐。那个时候，她十四五岁的年纪吧。

也不过是小户人家的女儿，家里光景算不得好，她与寡母一起做女红度日。他亦是贫家少年，人却长得臂粗腰圆，很有虎相。他挨家挨户收泔水，卖给乡下人家养猪。收到她家门上，他总是尊称她一声小姐，彬彬有礼。

这样地，过了一天又一天。皂角花开过，又落了。落过，又开了。

应该是又一年了吧，她还在屋前做女红，眉眼举止，盈盈又妩媚，是朵开放得正饱满的花。他亦是长大了，从皂角树下过，皂角树的花枝，都敲到他的头了。他远远看见她，挑泔水桶的脚步，会错乱得毫无步骤。却装作若无其事，依然彬彬有礼叫她一声，小姐。她笑着点一下头，心跳如鼓。

某一日，他挑着泔水桶走，她倚门望，突然叫住他，她叫他，哎——

他立即止了脚步，回过身来，已是满身的惊喜。小姐有事吗？他小心地问。

她用手指缠绕着辫梢笑。她的辫子很长，漆黑油亮。那油亮的辫子，是他梦里的依托。他的脸无端地红了，却听到她轻声说，以后不要小姐小姐地叫我，我的名字叫翠英。

他就是在那时，发现他头顶的一树皂角花，开得真好啊。

这便有了默契。再来，他远远地笑，她远远地迎。他起初翠英两字叫得不顺口，羞涩得小鸟似的，不肯挪出窝。后来，很顺溜了，他叫她，翠英。几乎是从胸腔里飞奔出来。多么青翠欲滴的两个字啊，仿佛满嘴含翠。他叫完，左右仓促地环顾一下，笑。她也笑。于是，空气都是甜蜜的了。

有人来向她提亲，是一富家子弟。他听说了，辗转一夜未眠。再来挑泔水，从皂角树下低头过，自始至终不肯抬头看她。她叫住他，哎——他不回头，恢复到先前的彬彬有礼，低低问，小姐有事吗？

她说，我没答应。

这句话无头无尾，但他听懂了，只觉得热血一下子涌上来，心口上就开了朵叫作幸福的花。他点点头，说，谢谢你翠英。且说且走，一路脚步如飞。他找到一处无人的地方，对着天空傻笑。

这夜，月色姣好，银装素裹。他在月下吹笛，笛声悠悠。她应声而出。两个人隔着轻浅的月色，对望。他说，嫁给我吧。她没有犹豫，答应，好。但我，想要一张梳妆台。这是她从小女孩起就有的梦。对门张太太家，有张梳妆台，紫檀木的，桌上有暗屉，拉开一个，可以放簪子。再拉开一个，可以放胭脂水粉。立在上头的镜子，锃亮。

他承诺，好，我娶你时，一定给你一张漂亮的梳妆台。

他去了南方赚钱。走前对她说，等我三年，三年后，我带着漂亮的梳妆台回来娶你。

三年不是飞花过，是更深漏长。这期间，媒人不断上门，统统被她回绝。寡母为此气得一病不起，她跪在母亲面前哀求，妈，我有喜欢的人。

三年倚门望，却没望回他的身影。院子里的皂角花，开了落，落了开……不知又过去了几个三年，她水嫩的容颜，渐渐望得枯竭。

有消息辗转传来，他被抓去做壮丁。他死于战乱。她是那么的悔啊，悔不该问他要梳妆台，悔不该放手让他去南方。从此青灯孤影，她把自己没入无尽的思念与悔恨中。

又是几年轮转，她住的院落，被一家医院征去，那里，很快盖起一幢医院大楼。她搬离到几条街道外。伴了多年的皂角树，从此成了梦中影，如同他。

六十岁那年，她在巷口晒太阳，却听到一声轻唤，翠英。她全身因这声唤而颤抖。这名字，从她母亲逝去后，就再没听到有人叫过。她以为听错，侧耳再听，却是明明白白一声翠英。

那日的阳光花花的，她的人，亦是花花的，无数的光影摇移，哪里看得真切？可是，握在手上的手，是真的。灌进耳里的声音，是真的。缠绕着她的呼吸，是真的。他回来了，隔了四十多年，他回来了，带着承诺给她的梳妆台。

那年，他出门不久，就遇上抓壮丁的。他被抓去，战场上无数鬼门关前来来回回，他嘴里叫的，都是她的名字，那个青翠欲滴的名字啊。他幸运地活下来了，后来糊里糊涂被塞上一条船。等他头脑清醒过来，人已在台湾。

在台湾，他拼命做事，积攒了一些钱，成了不大不小的老板。身边的女子走马灯似的，都欲与他共结秦晋之好，他一概婉拒，梦里只有皂角花开。

等待的心，只能迂回，他先是移民美国。大陆开始“文革”了，他断断回不得的。他挑了上好的红木，给她做梳妆台。每日里刨刨凿凿，好度时光。

她早已听得泪雨纷飞。她手抚着红木梳妆台，拉开一个暗屉，里面有银簪。再拉开一个暗屉，里面有胭脂水粉。是她多年前想要的样子啊……

她是我外婆。这一年，我母亲——她在三十五岁那年收养的孤儿，有了一个父亲。而三岁的我，有了一个外公。母亲关照我，外婆的什么东西都动得，唯独那梳妆台不能爬上去玩。于是我常怀了好奇，倚门上望年老的外婆。她坐在梳妆台前，很认真地在脸上搽胭脂，搽得东一块西一块的。因为年轻时的过多穿针引线，还有，漫长日子里的泪水不断，她的眼睛，早瞎了。

哎，好看吗？她转头问立在身后的外公。外公一迭声说，好看，好看。那个时候，外面的阳光，花一样开放着。

桃花芳菲时

正月十五闹花灯，年轻的三奶奶在街市上看花灯，遇到英俊的三爹。

电光火石般的，两颗年轻的心，爱了。不多久，三爹托了媒人上门。

三奶奶是三爹用大红花轿红盖头迎进门的，那时，满世界的桃花开得妖娆，三奶奶的婆婆——我们那未曾谋面过的老太，站在小院里，正仰望着一树桃花。帮佣的端着一盆莲子走过来，老太咧着嘴乐，说，好兆头，多子多孙。但三奶奶婚后，却无一子半嗣。

过年的时候，我们几个小孩子，被祖母一径领着，走上六七里的路，去给三奶奶拜年。这已是若干年后的事了。我们的老太，也早已作了古。

祖母再三关照，看见三奶奶不要乱说乱动，要祝三奶奶健康长寿。

房间里的光线总是暗，有一股水烟味。黄铜的水烟台，立在床头柜上，形销骨立的样子。三奶奶盘腿坐在床上，倚着红绸缎的花被子。她是个瘦小的女人，脸隐在一圈淡淡的光里面，看不很清。她朝着我们说，好孩子，谢谢你们来看奶奶。然后递过红包来，那是给我们的压岁钱。我们敛了气地候着，祖母却客气地相挡，哪能要你的钱呢？

我们被祖母轰出房去，只留她们两个说话。我们乐得出去玩，门前有河，河上结冰，冰上散落着燃尽的爆竹屑。远远看去，像散落的花瓣。

我们捡了泥块打冰漂。玩得肚子饿了，才想起已到饭时，回头去找祖母，只听得三奶奶幽幽说，我可是他大红花轿红盖头娶进门来的。后面是长长久久的静穆，有叹息声，落花似的。我们倚了门，呆一呆，那大红花轿红盖头的场面，该是何等的热闹？而三奶奶，定也是个水灵灵的人罢。

从没见过三爹，他人远在上海。兵荒马乱年代，祖父的弟兄，都跑到上海去苦生活。三爹也去了，先是在上海轮船码头做苦力，后来拉黄包车，再后来，去戏园子做看门人。在那里，三爹遭逢到他生命里的一场艳遇。

爱上三爹的女人，是经常去戏园子看戏的。英俊的三爹，穿着镶白边的红礼服，站在戏园子门口迎客，惹得路过的女人，频频相望。那个女人，在数次相望后，再路过三爹身边，她把她外面穿着的大衣脱下，塞到三爹手上。给我拿着，她用不容置疑的口吻说。三爹愕然，她回眸一笑。如此三两次，便熟识了。

后来，这个女人，成了三爹在上海的太太。三爹托人捎口信给三奶奶，说，我对不起你，你另择好人家，再嫁吧。三奶奶大哭一场，却不肯离去，她把话捎去上海，我可是你大红花轿红盖头娶回家的。三爹听后，长叹一声，再无话。

家里有人去上海，回来说起三爹，多半摇头。三太太，家里人这样称三爹在上海的女人。三太太不是个善类啊，三爹在家做不了主的，大人们在一起谈论时，如是说。

三太太不喜欢这边的人过去，在小阁楼里摔盆子。三奶奶给三爹做的布鞋，也被三太太给退了回来，三太太说，侬自己穿好了。那个时候，三爹已和三太太生了两儿两女，儿女们都大了。三爹拉着去看他的家里人的手，背地里淌眼泪，说，见一回少一回哪。

也问起三奶奶，记忆里多半模糊。三爹说，她也老了吧？然后叹，我对不起她。一次，三爹瞒着三太太，塞了些钱给去看他的人，说，让她多买点吃的吧，告诉她，死了后，我一定葬在那边的。

回来的人，把三爹的话，说给三奶奶听，三奶奶抚被大恸，哭得撕心裂肺。大家都吓坏了，团团围住她，不知怎样相劝才好。三奶奶抽抽噎噎着停下来，却说，孩子们，我这是高兴哪。

三爹在八十六岁高龄上，突患一场大病，医治无效。弥留之际，家里人去看他，他问，她还好吧？再三恳求，他死了，一定要带着他的骨灰回去。平时冷面冷脸的三太太，也老了，这时仿佛看开许多，她知道，她守了一辈子的男人，只守住了他的身，却没守住他的心。她松口了，说，就依了他吧，想回去，就回去吧。

三爹的骨灰，被接回老家。三奶奶一早就梳洗打扮好了，稀疏的白发，抿得纹丝不乱。大红对襟袄穿着，竟是出嫁时穿的那件红衣裳。她不顾大家的劝阻，踩着碎步，跑了很远的路去迎。她抱着三爹的骨灰盒，多皱的脸上，慢慢洇上笑，笑成桃花瓣。她喃喃说，你这狠心的老头子，我可是你大红花轿红盖头娶进门来的，你却抛下我这么些年，今天，你终于回来啦。站旁边的人，无不泪落。

两天后，三奶奶去世了。她安静地死在床上，身上穿着那件红嫁衣，枕旁放着三爹的骨灰盒。她仪态端庄，面容安详。院子里，一院的桃花，开得正芳菲。

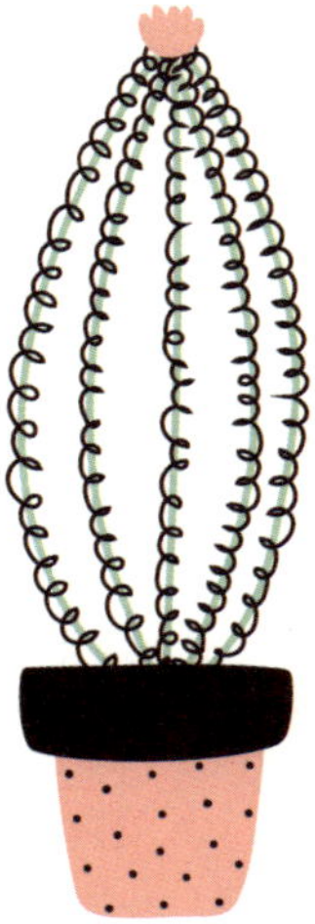

冬葵

冬葵到药房当学徒的时候，时年十二岁。

也是因为家穷，唯一的男丁，被父母硬生生送了来。什么活都做，掌柜一家人的衣服要洗，尿壶要倒，水要挑，柴要劈，饭要煮，还不时要去山上采草药，一个人顶着烈日，攀爬在悬崖峭壁上，忍受蛇虫侵扰。

冬天，窗上结着冰花，一朵朵，丰腴着。掌柜一家人还躺在温暖的被窝里，冬葵却要早早起来，院前院后打扫，伸了冻疮密布的手，擦冰花。动作慢了，掌柜会生气。肥头大耳的掌柜一个巴掌掴过来，会让冬葵眼冒金星，半天站不稳。

冬葵怕，度日如年。好不容易找了机会回一趟家，对着父母哭，说，哪怕饿死，也不要把我送去。父母反过来对着他哭，说："在家是等死啊，娃。没有学徒不是这样的，熬出头来就好了。娃啊，熬着吧。"

父母的眼泪，把冬葵吓着了，他后来再没对父母哭过。他在药房里安下身，渐渐爱上那个地方。一天的忙碌过去，他有了属于自己的片刻安宁。虫鸣声若有似无地响在夜空里，铺盖卷静静倚在药房的柜台旁，他举着烛台，在一圈柠檬黄的光里面，踮起脚尖，偷偷打开红木柜子上一个一个暗红的抽屉。各种草木花朵好闻的气息，汹涌而出，很快将他淹没。

冬葵着了魔地喜欢上那些中草药，每一种，都有一个好听的名字。仙茅，白薇，连翘，沉香，茯苓，紫苏，——冬葵一一在嘴里念，念得心动。一天，他发现“冬葵”居然也是一味中草药，他实在太高兴了，抓了一小把冬葵子藏在身上，手不时悄悄触摸它，心底有隐秘的快乐在飞。

女孩红花的出现，让冬葵的世界春暖花开起来。这个时候，冬葵已在药房里当了五年差，长成一个瘦瘦高高的少年。他能准确地报出任何一味中草药的名字，抓药时全凭手感，几钱几两，分毫不差。

红花是来买药的。十六岁的女孩，父母早亡，跟了哥嫂。哥嫂贪财，收了人家钱财，强行塞她进花轿，给一病重的老头冲喜。冬葵在她脸上读到深刻的忧伤，如夜色堆积般的。他的心，无端地弹跳起来，疼。他抓一把药，再抓一把药，包好，左右看看，飞快地对红花说，拿走吧，不要钱的。

红花看着他，“扑哧”一声笑了，两只细长的眼睛，弯成小月亮。她说，我带了钱呢。然后，在柜台上搁下一把银圆。冬葵的脸“腾”地红了，心却是愉悦的，因为，他看见她的笑。那一天，他看天，天美。看地，地好。肥头大耳的掌柜看过去，也没那么可憎了。

两个少年就这样相识了。一些夜晚，红花会趁老头睡熟了，偷偷跑出来，轻轻敲冬葵的窗。冬葵的心，立即欢喜得开了花。他举着烛台，领着红花一一去辨认那些中草药。贫穷的两个少年，没什么可相赠，却有草药。他送她“冬葵子”，她赠他“红花”，彼此地贴近的两个。他说，将来有一天，他要开家药房，房前屋后都种上草红花和冬葵。她听着，眼睛亮起来，又黯淡下去。她不知道会走向哪里。他安慰她，没事的，有我呢。

重病的老头终撒手而去，那家人要把红花卖了。红花惊慌失措跑来找冬葵。冬葵只觉得一股热血直冲大脑，他一把牵住红花的手，说，我们逃吧，我带你走。

半路上却被捉回。冬葵被打折了腿，整整一个冬天没能挪步。等到窗外的冰雪终于消融，枝条上挤满雀跃的小绒毛，冬葵却再也找不到红花了。那时恰逢兵荒马乱，一个人的消失，如同一粒尘的消失，无声无息。

掌柜后来暴死，冬葵成了药房的主人。他养成了爱种草红花和冬葵的习惯，日子里总有红花白花不息地开。这一习惯到他成为爹，没有改。到他成为爷爷，没有改。晚年，他患上阿尔茨海默病、忘记了很多人很多事，甚至连他最疼爱的孙子站他跟前，他也不认得了，却喜欢种下一棵一棵的草红花和冬葵。在花盆里种。在院门前的花池里种。在他看到的所有的土里面种。人问他，老人家，你这是在种什么呀？他口齿清晰地答，草红花和冬葵呀。核桃般褶皱的脸上，漾着令人心动的温柔。一圈圈，如水波。

深情

写下“深情”这个词时，我想到浓酽如酒的夜，想到冬霜在玻璃上开了花，想到香郁的咖啡，想到雨后的池塘，一池的莲花，笑微微的。

想到地广天阔的野外，一棵槐树对着另一棵树。

一只鸟对着另一只鸟。

一只羊跟着一只蝴蝶跑。

想到雨打芭蕉，秋风对枯荷。想到黛玉说：“我只为我的心。”

想到凤凰古城，沱江边的埙。轻轻一吹响，远古的气息，就风尘仆仆赶来。“愿得一心人，白首不相离。”

想到 4441 米之上的羊卓雍措，那蓝玉一样的蓝。

多像一滴千年的眼泪，掉在上面。

是断桥边，白素贞那肝肠寸断的一声叫：“相公哪。”千年的蛇精，也难逃一个“情”字。

是金岳霖得知林徽因离世，一个人关在办公室里号啕。而她的生辰，他给牢牢记住，每年都替她庆贺。记者登门采访，亦得不到他对她的任何话，他说，我所有的话，都应该同她自己说，我不能说。最后，却像个孩子似的，他贪恋地看看记者手里林徽因的放大照片，请求道："你能把这个，送给我吗？"

这世上，最深的情，最真的爱，不是朝夕厮守，而是在距离之外，为你守望。

在一条巷子里，也总是会遇到一对老夫妇。

巷子是条老巷子，我上下班必经之路。巷道两旁植有石榴树和七里香，是我喜欢的。花开时节，石榴树上像悬着无数盏小红灯笼，一路挂过去。而七里香碎碎的小白花，像极满天星，把花香洒得密密麻麻，绊住了人的脚。这个时候的巷道看上去，有点世外桃源的意思，人人脸上都是和善静好的样子。

这对老夫妇，也就出来散步了，在黄昏时分。

老妇人坐在轮椅里，鹤发童颜。尤其是她的一双眼睛，饱满且亮，孩童般地欢欢喜喜着。伴她身后的老先生，清瘦矍铄，温文儒雅，推着她缓缓而行。

他们仿佛是从杏花暖阳中走出来的。巷道两边都是他们的老熟人了，他们不停地跟这个打招呼，跟那个打招呼。一样的笑容，一样的语调，是花开并蒂莲。

一个数字足以说明一切，她瘫痪，三十余年。他守着，三十余年。

听闻的人，先是发一会儿愣，看着他们，半天，才冒出一句："不容易啊。"

情起容易，难的是，一往而深。

她爱他，是那种偷偷藏在心里的。罗敷未嫁，然君却有妇。她与他之间，注定隔着一水盈盈。

可是，不能忘啊。过尽千帆，他还是她心中的唯一。

她去他住过的乡下，走他曾走过的路。在他出生的那个偏远小镇，她坐在邮局门口的石阶上，看两个稚童追逐着玩耍。想他也曾是其中的一个，她笑出两眶的泪来。

她去他念过书的小学，趴在铁栅栏上朝里望。守门的大爷问："姑娘。你找谁？"我找谁呢？她在心里问。茫然半天，她只得笑着摇摇头，说："我不找谁。"走过的每一个少年，都是他的曾经呵。

她后来去了他的老家。那个石头垒成院墙的小院子，她在他拍的照片上见过。小院子里有灯光渗出，他爹娘的声音，喁喁地响在院墙内。她多想敲门进去，终究没。她把一朵小野花，插在他家的院门上。对着看一看，再看一看。天空暗下来。星星们出来了。凉薄的露，打湿了衣。她该走了。

该走了。她转身，在心里默念着他的名字，一遍，一遍。她说，我走了。今生今世，也就这样了，能想念多久，就想念多久。他永远也不会知道。

电影《情书》里，渡边博子给天堂里的藤井树写信：“亲爱的藤井树，你好吗？我很好的。”

我的窗外，雪开始飘了，一朵一朵，似茉莉花开。是等了很久的雪。

渡边博子在雪地里跑，一边跑，一边撕心裂肺地喊叫，你好吗？你好吗？你好吗？

我紧紧身上的衣，真冷。起身找一件毛毯，覆在膝上。“绿蚁新醅酒，红泥小火炉”——此刻，真想有啊。还有，陪伴着共饮的那一个。

一个人的信息适时抵达：“下雪了，你还好吗？”隔着夜幕沉沉，我怔怔地看着这一句，胸口突然一阵发热。

你还好吗？

只这一句问，便顶过世上千言万语。

附录

《种爱》参考答案

1.（3）他跟我要花种，想在院子里种花。（他请我找些花种。）

（4）他在自家院子里种了一院子花。（他留下一院子的花陪伴老母亲。）

2.（1）感谢邻居好心的安慰；对邻居误解的一种表白：我不是怕死，而是放心不下我的白发老母亲。

（2）这是一种对儿子临走不忘留下孝心与爱心的感激与自豪，是一种自我宽慰。

3. 此句运用人物的动作描写与神态描写，表现身患绝症的陈家老四对生活的热爱，对美的追求；为下文种花的情节埋下伏笔；含蓄地表达对母亲的深情。或作者细致地描写他接过我送给他花种的情形，“托”和“像对待小小的婴儿”生动地表现了他接花种时的小心翼翼，“荡”字突出了他的喜悦之情。

4. D

5. 他种的一院子的花，就是他生命的延续。他在小院里种下的是他的生命，是他对母亲的爱。（意思对即可）

《偶遇》参考答案

1. 快乐、温馨、幸福、美好。

2. 老妇人的梦想就是开个小饰品店，活出自己的本真状态；男人的梦想是创造生活的艺术美，营造生活的温暖。他们都乐观、淡定，坚守梦想，为梦想而活，并努力创造生活的美好与温暖。

3. （1）一个“牵”字，既形象地写出了手工艺术品玫瑰花的美，也为下文烘托出人物的美好心灵作铺垫。

（2）揭示了文章的主旨，深化了作者的感情。

4. 梦想之花，快乐之花，温暖之花；美好的生命应该多一份乐观、淡定，多一份温暖与幸福，多一份对梦想的坚守与执着。

5. 在时间无垠的荒野里，我们都是跋涉的旅人，少了一份乐观淡定，少了一份最真的执着。而像老妇人和那个捏玫瑰花的男人，才活出了生活的应有之态。以“偶遇”为题，启发人们更好地思考生活的真谛。

《小扇轻摇的时光》参考答案

1. 一是指充满天真快乐的童年时光，二是指与母亲相守的美好时光。

2. 景物（环境）描写；交代了人物活动的场景，渲染了农村夏夜安适恬静的气氛，烘托出“我”轻松闲适的心情。

3. “贪婪”“啃”生动形象地写出了“我”吃瓜时的情态以及对家乡瓜果的喜爱；“心满意足”突出了母亲内心的满足和喜悦。

4. 不能删去：正是这一人物使“我”转变了第二天就回城的想法，引发了“我”对人生苦短的思考，提醒“我”要珍惜与母亲相守的时光。

或可以删去：删去后不影响情节的完整；冬英的故事令人伤感，冲淡了全文营造的美好温馨的氛围。

《他在岁月面前认了输》参考答案

1. 这里是指“我”赞美父亲所搭的瓜架子是“杰作”并非是内心的实话。

2. （1）“我”带他去商场购买衣服，他主动掏钱。

（2）父亲辨不清方向，他让“我”牵着手回家。

3. 这里运用反复和比喻的修辞手法，反复使用“矮下去”，突出父亲确实老了，把父亲比喻为“一株耗尽生机的植物”，生动形象地写出了父亲在岁月面前渐渐老去。表现出作者对父亲老去的伤感之情。

4. 这段话是插叙，交代父亲以前的精神状态非常好，丰富了人物形象，补充了文章的情节，同时，在对比中凸显父亲“老了”，“在岁月面前认了输”，突出了文章的中心。

5. （1）题目中的“认了输”一词制造了悬念，吸引读者的阅读兴趣。

（2）线索作用。本文以“他在岁月面前认了输”为线索来组织材料，推动故事情节的发展。

（3）暗示文章的主题。以父亲的老去表示“我”内心强烈地意识到自己的责任。

《幽幽七里香》参考答案

1. 从“个高，肤黑，表情严肃”“冷冷的语调”等可以看出他严肃、不苟言笑；从语言描写“慢点走，楼梯口黑”读出他关心别人；由收到没有落款的礼物，读出他是一个善解人意、默默关心别人、表情严肃但心灵美好的人。

2. “光华灼灼”写出城里同学的富有、衣着光鲜、神采飞扬。与自己的“渺小”“丑陋”形成鲜明的对比，突出自己自卑的心理。

3. 运用想象（联想）的手法，把《诗经》的内容和自己的读书感受联系起来，生动形象地写出了自己读《诗经》时的美妙感受。

4. C

5. 写法上的相同点：都用了环境描写（景物描写）。

写作意图方面的不同点：本文是交代时间已晚，衬托我抄书时的愉悦心情，为下文管理员的关心和自己浸透于《诗经》作铺垫。链接材料是描写了故乡萧条、荒凉的景象，渲染了一种阴暗、凄凉的氛围，为写“我”对故乡的失望之情，写闰土、杨二嫂的变化埋下伏笔。

《你并不是个坏孩子》参考答案

1. 老师的一句话对学生产生了深远的影响。

2. 用比喻手法，生动形象地展现了学生们朝气蓬勃、积极向上的精神面貌。

3. 承上启下，设置悬念，引起读者的阅读兴趣。

4. 总结全文，点明主题。

5. 感激　关爱

《老裁缝》参考答案

1. B D（B.“表现了老裁缝手艺的精湛”有误，是为了表现老裁缝的专注与沉静。D.“儿子”身份只是村民的猜测，“想让父母破镜重圆”于文无据。）

2. 这句话写出“我们”对老裁缝看法的改变，老裁缝也有不可怕的一面；同时表现出老裁缝面对美好的事物，并没有失去感受力，对美好生活仍抱有希望。

3. （1）第一处表现出老裁缝富有生活情趣，向往和追求美好生活；同时写出老裁缝的特别、神秘，引出下文“我们”偷偷观察老裁缝的描写。

（2）第二处与第一处形成对比，暗示老裁缝遭遇的不幸，流露出作者对老裁缝的淡淡哀思。

《爱未央》参考答案

1. 藏钱　讨钱

2. （1）交代前文“数着一堆红红绿绿的小球玩”的原因；与上文藏钱相呼应；与下文老伴去世十年，依然记得答应过买戒指形成对比，表现了她对妻子的深情。

（2）神态描写和动作描写。生动形象地写出陈四爹看到钱以后的激动之情。

3. （1）交代菊香的身份，让故事情节更为完整；

（2）刻画了陈四爹的形象，虽然妻子已经故去十年，但依旧没有忘记，表现了陈四爹对妻子爱之深切，呼应了文章的题目。

4. （1）设置了悬念，引发读者阅读与思考的兴趣；

（2）赞美了陈四爹对妻子的用情深切。